A VACA NUA

CIP-BRASIL. CATALOGAÇÃO NA PUBLICAÇÃO
SINDICATO NACIONAL DOS EDITORES DE LIVROS, RJ

K91v   Krause, Eduardo B. A vaca nua : crônicas de Ipanema / Eduardo B. Krause. – 2. ed. revista e ampliada – Porto Alegre [RS] : AGE, 2024.
118 p. ; 16x23 cm.

ISBN 978-65-5863-305-1
ISBN E-BOOK 978-65-5863-306-8

1. Contos brasileiros. I. Título.

24-93327   CDD: 869.3
                    CDU: 82-34(81)

Meri Gleice Rodrigues de Souza – Bibliotecária CRB-7/6439

EDUARDO BATTAGLIA KRAUSE

CRÔNICAS DE IPANEMA

A VACA NUA

2ª edição, revista e ampliada

PORTO ALEGRE, 2024

© Eduardo Battaglia Krause, 2024

Capa:
Eduardo Krause

Diagramação:
Júlia Seixas
Nathalia Real

Supervisão editorial:
Paulo Flávio Ledur

Editoração eletrônica:
Ledur Serviços Editoriais Ltda.

Reservados todos os direitos de publicação à
LEDUR SERVIÇOS EDITORIAIS LTDA.
editoraage@editoraage.com.br
Rua Valparaíso, 285 – Bairro Jardim Botânico
90690-300 – Porto Alegre, RS, Brasil
Fone: (51) 3223-9385 | Whats: (51) 99151-0311
vendas@editoraage.com.br
www.editoraage.com.br

Impresso no Brasil / Printed in Brazil

"A vaca nua" faz 25 anos

Eduardo B. Krause inaugurou sua trajetória literária em 1999, com as crônicas de *A vaca nua*. Diante deste livro de estreia, era impossível não manifestar entusiasmo, dadas a originalidade do estilo, a presença de uma Porto Alegre vivenciada desde nossa ribeirinha Ipanema, a valorização da amizade de maneira vivaz e entusiasta.

Eduardo B. Krause debutava como escritor, mas se mostrava narrador experiente e confiante, despertando, a cada crônica, o interesse e a acolhida simpática do leitor.

A crônica é daqueles gêneros aparentemente fáceis. Parece simples transpor acontecimentos do cotidiano, lembranças pessoais, interpretações de fatos ocorridos que fazem parte de nossas rotinas, para a folha de papel, que eterniza a palavra. Mas não é bem assim: não apenas é necessária aptidão, como também requer maturidade para escolher o que expor, comentar, suprimir ou criticar. Sob esse aspecto, a crônica é enganadora: parece acessível a qualquer pessoa, só que não. De modo que não é "qualquer pessoa" que se apresenta como um excelente cronista.

Eduardo B. Krause, sim, é uma dessas pessoas que sabem o que fazer com a linguagem habilitada a narrar os *causos* que deseja transmitir a seu público. Transforma o relato em uma roda de conversa, o que transfere a coloquialidade do oral para a estabilidade da escrita. Há 25 anos, *A vaca nua* comprovava sua habilidade e pendor para a crônica. Depois, em 2023, veio *Então fiz sessenta anos*, para comprovar que a passagem do tempo só aprimorara seu estilo e qualidades de contador de histórias.

Agora *A vaca nua* retoma esse percurso, aproximando-se cronologicamente da obra que a sucedeu, embora tenham transcorrido mais de duas décadas entre as duas. Dispor desses dois livros quase ao mesmo tempo é uma celebração que certamente fará muito bem a todos nós, admiradores de Eduardo B. Krause. Aproveitemos para curti-la de novo ou para apreciá-la pela primeira vez.

Regina Zilberman

Em 1999 escrevi
A
Virgínia
Eduardo
Guilherme
Maria Clara
porque vieram

A Tiago
porque virá

É 2024
Tiago veio
Vieram também
Vinicius
Rafael e
Bibiana

A vida se renova.
Dedico este livro a todos os que escrevem.
Nos nutrimos de quem nos lê.

Nota do Autor 2024

Lá se vão 25 anos do lançamento. Mesmo assim, entendi que *A vaca nua* devia continuar igual. Descobri só agora, revendo os textos da primeira edição, que eles continuam atuais, apenas o tempo mudou a trajetória de uma ou outra crônica, mas sem perder a essência. As alterações foram cirúrgicas, acrescentei apenas um texto que está no meu último livro, *Então eu fiz sessenta anos* (não percam). Aos que conheceram *A vaca* a um quarto de século, vão ter a oportunidade de revisitá-la com outro olhar, aos que não leram espero que gostem.

Nota do Autor 1999

Eu poderia começar com aquela justificativa de plantar árvore, fazer filho e escrever livro, mas já está batida demais. Eu poderia também dizer que se eu me sentisse um escritor isto aqui sairia muito melhor, teria ordem, organização e texto adequado. Mas eu não sou escritor, sou desorganizado, rodei no quartel por não gostar de receber ordem e essa história de texto adequado não vai muito com o meu jeito de ser, que prefere as coisas soltas e impensadas.

Os textos e, consequentemente, o livro, se não for do agrado dos leitores (se é que vai haver leitores), podem ter certeza que é do meu. Mais que isso, me fez voltar a um tempo de muitas alegrias; aliás, como tem sido a minha vida.

De tudo – do tempo, do antes, do hoje e do depois – eu tenho tido a sorte de conviver com o inusitado, com aquilo que inquieta, com a surpresa, e disso tudo tenho conseguido tirar como resultado sempre coisas positivas.

O desafio de viver com intensidade tem me proporcionado extrema ansiedade. E é por ser assim que as minhas ações nem sempre são revestidas de lógica, de imparcialidade, de organização, de coerência e de método.

Tal qual Mário Quintana, sou daquelas pessoas que pensam diversas coisas sobre o mesmo assunto ao mesmo tempo e em tempos diferentes. Sou todas elas. Convivo com a dúvida, com uma coerência incoerente, parcial na minha imparcialidade (e vice-versa), e ser metódico não está no meu caderno. Meu lado puramente racional não existe. Foi enterrado por uma paixão pelo desconhecido e por um coração que em todos os momentos, quaisquer que sejam as decisões, sempre contribui com uma batida forte.

Embora o tempo tenha me ensinado coisas, meu lado apaixonado não mudou porque não quer mudar. Acho que já nasci com taquicardia para a vida. De tudo observo, guardo, sinto e transformo em histórias. Na minha bagagem tem Ipanema e o mundo, bolinha de gude, uma velha calça montana, uma pandorga, um barco velejando no Guaíba, uma bola correndo na beira da praia, um pôr do sol, um quepe do quartel, um profissional que ama o que faz e que procura ver nas pessoas não o que elas representam, mas o que elas são.

Não sou do ramo. Talvez um contador de histórias.

Sumário

A Gilda que eu conheci 15

O menino e a lambreta 18

Avalue, doutor! 21

Faceirinho 23

Pergunta besta 26

Cadeia 29

Quase que deu certo 32

Uma grande mulher 36

Magalhães Pinto 39

Seu Gentil 42

O furto 44

Menestrel das Alagoas 49

A notícia 51

O conserto 55

A vaca nua..58

A novela..60

Quase deu certo – 2 62

João Aveline 67

Um coronel democrata...70

Jogatina..73

Bolinha de gude 76

Um pouco de Mark Twain 81

Bichos 83

A caturrita 86

O General 89

A rede 92

Flor do Mar...97

Aposta 102

Bares 105

Casas 111

Não diz para um alemão que não dá 115

Agradecimentos...118

A Gilda que eu conheci

Acho que foi em 1961, lá se vão trinta e oito anos, e eu ainda me lembro dela de forma tão clara e tão marcante como se ela estivesse aqui, agora, na minha frente. Comandava o Rio Grande o Dr. Brizola, e o Estado aspirava à Legalidade.

A alguns quilômetros do centro do poder, existia e existe um bairro chamado Ipanema, definido pelo General como "um país livre amigo do Brasil" (a história do General é outra história).

Para não perder o fio da meada, eu devia ter naquela época em torno de cinco anos. A casa dos meus pais ficava em frente ao rio Guaíba, aliás, naquele tempo, nem se sabia que seria rebaixado à condição de lago, coisas de especialistas. Recuperada a dita meada, lá estava eu, como qualquer criança, num dia de sol, olhando para o nada, brincando com o tudo e navegando no meu próprio mundo.

Na casa ao lado, ela. Não sei bem o que estava fazendo, mas era impossível que não me chamasse atenção. A começar pelos óculos: brancos, de lentes muito escuras e com formato de olho de gato. Isso era muito pouco para quem tinha por natureza ser um ser especial e, por ser especial, ser diferente de todos. O corpo era baixo e gordo, não baixo como são os baixinhos, nem gordo como são os gordinhos. Podia-se dizer que sobrava alguma coisa. O que chamava a atenção era a expressão corporal e o sorriso espontâneo e gratuito. Fumava não sei que cigarro e bebia não sei que bebida. Aos meus olhos de cinco anos, era inadmissível uma mulher fumar e beber, isso era coisa dos homens. Mas ela o fazia com tanta naturalidade que aquela presença cênica entre o fumar e o beber se transformava num mexer de mãos que mais parecia um maestro enlevado conduzindo sua música com suavidade.

Mais do que tudo isso, chamava a atenção, naquele ser irradiante de luz, brilho e alegria, a vestimenta, um maiô escuro de bolinhas amarelas, me perdoem a falta de delicadeza, mas não eram bolinhas, eram bolas. O Chacrinha ainda não era ninguém, e ela já comandava um *show* dela mesma. Completava a indumentária um par de alparcatas nos seus rechonchudos pés. Tu te lembras das alparcatas Sete Vidas? Tanto quanto as galochas, imprescindíveis e necessárias, simplesmente desapareceram.

Ora, era impossível a um menino de cinco anos não olhar para tudo aquilo com uma expressão de pasmice. Só que tudo aquilo se chamava Gilda Marinho, muito mais do que uma simples mulher, uma mulher que fez época, que marcou profundamente um determinado período histórico do nosso Estado. De Gilda Marinho muito se falou, muito se escreveu. Mas não é dessa Gilda que eu quero falar. É daquela mulher de idade indefinida que o menino de cinco anos curiosamente admirava. Era ela, a bebida, o cigarro, os gestos, o sorriso, o menino e o rio.

Inesperadamente, ela se levantou, se é que estava sentada, pegou a minha mão e me conduziu ao rio. O rio era rio, a água era limpa, o tempo era de sol, o dia era de banho, a criança que eu era permaneceu mais criança e a criança que havia nela se deixou ficar. Nós éramos pura alegria. Esta foi a Gilda Marinho que eu conheci.

O menino e a lambreta

Dizer que ainda me lembro dele como se fosse hoje talvez seja exagero. Mas eu não consigo me esquecer daqueles cabelos esvoaçantes que já começavam a ficar ralos e grisalhos. Junto de um rosto acolonado, combinando com um par de olhos penetrantes e um sorriso perene cuja expressão denotava um misto de persistência, tenacidade e paz.

Também esvoaçante, a batina, às vezes cinza como um dia de outono, outras preta como sói acontecer aos padres conservadores.

Padre Antônio Lorenzato, o seu nome. Veio não sei de onde, pois já havia construído algo, para dar continuidade, na época, e enfrentar o desafio de ter de concluir a Igreja Nossa Senhora Aparecida em Ipanema.

Naquele tempo, o carro era o Simca Chambord e o Aero-Willys, o Fuca, se já tinha vindo, não havia passado por Ipanema, e ônibus, a cada trinta minutos. Só as ruas nobres conheciam o asfalto. Bom, telefonar, pra tu teres uma ideia, de Porto Alegre tu discavas 112 e a telefonista de Ipanema, Irene, de todos conhecida, deixava o tricô de lado, te atendia e tu pedias o telefone da minha casa, que era o número 15. Não faz tanto tempo assim.

Naquele balneário que ainda não era bairro, descrito pelo General como "um país livre amigo do Brasil", o Padre Antônio chegou para sacudir, assumir a paróquia, terminar a Igreja Nossa Senhora Aparecida e, como não poderia deixar de ser, fazer longos sermões nas missas de domingo.

Eu me lembro da nova igreja nascendo e crescendo em frente à praça central. Ao lado do armazém do Seu Emílio, não menos distante da fruteira do Seu Abel. Não sei se o fato, não sei se a obra, não sei se a presença de pais cristãos atuantes, não sei se o respeito e a admiração pelos que enfrentam os desafios, inquietações que em mim são inatas, mas alguma coisa no jeito dele me tocava.

Primeiro foi o velho prédio que se foi abaixo, depois as paredes que foram surgindo, um longo tempo para que o telhado viesse, outro tanto para que o piso substituísse os cascalhos, bancos, arremates, pinturas, etc.

Quando ela estava ficando quase pronta, ele já não estava mais ali para, orgulhoso, admirar o filho. Seus superiores o convocavam para outra empreitada: a Igreja Nossa Senhora de Lourdes o esperava para novo enfrentamento, que resultou no que dela é feito hoje. Sem falar que no meio do caminho ele passou pela Igreja Santa Rita do Guarujá, deixando sua marca de engenheiro e construtor de Deus.

Mas nada disso era importante, se aos olhos do menino de cinco ou seis anos um detalhe não ficasse gravado. Aquele padre de batina cinza tinha uma lambreta, andava nela por todos os lados e de vez em quando caroneava o guri. E talvez tenha sido isso o mais marcante.

Ele nunca me contou, nós nunca conversamos sobre isso e eu há muito tempo não o vejo, mas seguidamente ele passava na frente de casa só para me dar uma carona dali até lá e de lá até acolá como se nenhuma preocupação tivesse no seu estafante dia a dia a não ser levar o menino a passear. O construtor, o homem de desafios, o homem de Deus se chama Padre Antônio Lorenzato. Naquele tempo, era o menino, a lambreta e o padre.

Avalue, doutor!

Ele foi entrando na minha sala, aos poucos. Acho que primeiro os botões da camisa ou o umbigo talvez. Aquilo já não era mais barriga; era excesso de peso em toda a sua plenitude. Abaixo daquela massa de carne, uma calça tão apertada que mais parecia uma velha barragem tentando conter o volume de água. Curtas. As calças, ora. Curtas embaixo, onde apareciam meias que, tudo indicava, um dia pareciam ter sido brancas, enfiadas num par de sapatos de cor tão indefinida que sentavam com qualquer roupa, obviamente daquele estilo.

Voltando às calças, não é que em cima fossem curtas; é que a barriga havia tomado conta até a braguilha, que, pelas manchas e pingos, denotavam terem sido usadas recentemente; porém, o proprietário não as havia fechado. A camisa, bom, a camisa fazia de tudo para se manter abotoada, embora ficasse melhor num homem quatro números menor. Pescoço não havia. A papada tinha tomado conta. O resto era cabeça, onde tudo era redondo, gordo e pequeno. Menos o bigode, se é que aquilo podia se chamar de bigode. À esquerda, oito fios; à direita, onze. Não me pergunte por que a diferença; eu contei. Abaixo deles, a boca. Nada importante a não ser o palito que ali estava há aproximadamente quatorze anos.

Acessórios? Sim, dois. Numa das mãos uma pasta 007. No pescoço uma corrente grossa. É sim. Daquela bem bagaceira. Suava. Sentou-se, se é que aquele ato de atirar-se sobre a minha cadeira assim se chamasse. Didomenico era o seu nome. "*Avalue*, doutor! *Avalue* doutor o problema que eu estou passando". Realmente o seu *problema* era sério. Empresário de médio porte, havia adquirido mais imóveis do que seus rendimentos podiam suportar. Precisava urgentemente vendê-los para fazer caixa. Enquanto contava a sua história e mostrava-me numa agenda os números de suas dívidas, retirou apressadamente da pasta 007 uma calculadora enorme, daquelas de balcão, e com o rabicho dela perguntou-me onde ficava a tomada.

"*Avalue*, doutor! *Avalue* o problema que eu estou passando". Descreveu-me seus bens e insistentemente me pediu que eu fosse *avaluar* sua casa recém-construída num município próximo de Porto Alegre: "São 500 metros quadrados do bom e do melhor, tem os banheiros enfeitados...".

Querendo ser gentil e interessado, perguntei-lhe se a dita casa já tinha *habite-se*. "Claro que sim, doutor! Ela está habitada, a minha cunhada está habitando ela enquanto não for vendida". "*Avalue*, doutor! *Avalue* a casa para mim!"

Faceirinho

Quem conheceu Ipanema que eu conheci, dobrava na esquina da Dea Coufal, onde ficava o Bologna, e ia em direção à praia. Inevitavelmente passava em frente à casa do Eio e exatamente ali onde morava o Renato ficava o bar do Xerife. Naquela transversal um pouco mais acima, o gordo Luís, o Trudinha, a Viviane, a Débora. Também por ali a casa do Cláudio e do Paulo Leonardo. O próximo bar, a cada veraneio, tinha um dono diferente. Depois dele a Taba, de muitas histórias.

Na frente da Taba, a casa do gordo Frota, que já não é mais gordo, mas conservou o adjetivo. Um pouco mais acima, o Márcio e o Toti. Antes disso, tinha uma rua transversal de nome Flamengo, onde ficava o tradicional restaurante Sans Souci, da Dona Josefa e do Seu Fernando, que tinham um filho chamado Pierre, bom velejador, que, por ser bom velejador, naquele tempo não tinha tempo para trabalhar. Na mesma rua, um pouco mais acima, a casa do Alfeu, do Pedro Henrique, que morou por pouco tempo, da Verinha, do Doutor José Gay, pai da Moira, do Iuri e mais cinco, e um pouco mais acima a casa do Jorginho, que ficava ao lado do cinema, que naquele tempo funcionava, muito mal mas funcionava.

    Depois da Taba, a ponte e aquela parte da beira da praia que tem dois canteiros centrais. Por ali morava o General, os tios Fernando e Denise, um pouco mais acima o Boinha, o casarão de madeira onde moravam o Peco, a Quita e a Moice, nos fundos, dando para a outra rua, os irmãos Hermes e Lucas, o Zé Cidade, que a Dona Elba ainda teimava chamar de Nenê, o Zé Barbeiro, a farmácia do Seu Gazola, o armazém do Nadir, que pelos preços recebeu do General o apelido de calculador, o André, o Pina, o Loi e a Jari, a mansão do Seu Karnopp, que hoje é local de trabalho de moças muito bonitas, que dedicam seu tempo a dar. Perto da igreja, o Pedro, mais acima o Schu. Antes disso, a casa do Doutor Acilino, o médico de todos os médicos, o médico de todas as horas. Todos eles e mais outros tantos, personagens de um tempo não esquecido. Se continuasse, os nomes, as pessoas e as fisionomias a cada instante vão-me saltando à memória, do posto Belomé de uma ponta de Ipanema, ao armazém do seu Jorge, onde eu comprava bolinha de gude, à outra ponta, onde parece que eu estou enxergando o Bologna do meu tempo em pleno funcionamento timoneado pelo Seu Jorge e assessorado pelos garçons Magrinho Vilmar, Santos e Peninha.

    Tudo isso são histórias acondicionadas no mais recôndito do meu cérebro, que a cada instante me permitem relembrar e extirpar um instantâneo pessoal.

    De todos esses nomes, um não passou despercebido. O Faceirinho. Idade? Não tinha. Bem, lá pelos meus dezessete anos ele talvez tivesse trinta, tinha fisionomia de vinte e coração de criança. Não trabalhava nem estudava, não porque fosse preguiçoso ou vagabundo, mas porque um cara como o Faceirinho não podia trabalhar nem estudar. Vivia o sol, as águas do nosso rio Guaíba, muito namoro, muita conversa fiada e as peladas na areia da praia nos finais de tarde, onde ele era o ídolo.

Certa vez, reunidos lá em casa, cada um discutia o que fazer se ganhasse na loto sozinho.

– Eu colocava um superventilador na ponta da Serraria, outro na Ilha do Presídio e transformava isso aqui em mar. Era a ideia original do Faceirinho.

O tempo passou e cada um de nós foi tomando o seu rumo. Casando, tendo filhos, trabalhando, etc. O Faceirinho ficou. O mesmo jeito faceiro, a mesma fisionomia jovem, o mesmo coração de criança.

Certo dia, ele me procurou para que eu o ajudasse a comprar uma moto. Queria que eu fosse seu fiador. Questionei-lhe da forma como ele pagaria a motocicleta. Imediatamente ele me respondeu: "Eu agito, eu agito". Perguntei-lhe, então, por fim, como ele ia sustentar a moto e se ele pretendia começar a trabalhar para isso, a fim de que pudesse mantê-la.

Sem pestanejar, ele me respondeu: "Ora, Edu (era assim que ele me chamava), ou eu trabalho ou eu ando de moto!"

Pergunta besta

Nós trabalhamos dez anos juntos. Naqueles dez anos, aproximadamente entre 1976 e 1986, a gente pode dizer que se entendia no olhar. Época de vacas magras. Os dois funcionários públicos da Secretaria do Planejamento, os dois com filhos pequenos, os dois começando a vida.

A maior parte do tempo nós dividíamos o trabalho no Setor de Auxílios e Fundurbano. Eram duas áreas daquela Pasta que se relacionavam diretamente com os prefeitos do interior do Estado, de onde é possível se contar uma infinidade de histórias. Na nossa época, aquele setor vivia apinhado de prefeitos. Eram projetos buscando recursos para saneamento, para estradas, para construção de praças, ginásios de esportes, postos de saúde, pequenas escolas, bem como ações na área de telefonia e eletrificação rural.

Há muito tempo que eu não falo com o Orivaldo, assim se chama o meu ex-colega de trabalho. Nem sei bem por onde ele anda, mas certamente, se sentássemos hoje em algum boteco, fluiriam muitas e muitas histórias pitorescas sobre as diversas comunas do nosso Rio Grande.

Tem aquela de um prefeito da região Celeiro, que, ao levar um projeto, confundiu a CEEE com a CRT, e na maior seriedade lascou: "Mas, *pre* mim, são duas *ermãs*". E disse isso sem que o palito lhe caísse da boca.

Tem outra do prefeito que se hospedou com um assessor em um hotel de Porto Alegre. Pela manhã, ao se acordar atrasado, chamou o serviço de café no quarto. Enquanto isso, foi apressadamente tomar banho. Ao sair do chuveiro, perguntou ao assessor, mais grosso que dedo destroncado, se alguém tinha batido à porta. A resposta: "Bateram, sim, prefeito. Mas ao invés de trazerem o mate, encostaram um carrinho cheio de fruta. Botei a correr; isto aqui não é venda!" E lá se foi o desjejum do prefeito.

E são muitas outras, uma de um vereador que, ao preencher um questionário sobre seu estado civil, respondeu de pronto: "*civí, civí*, sim, *civi* no quartel de Santa Maria". Tem também a de um ex-prefeito muito meu amigo, que acusou um comerciante da localidade de ladrão, sofrendo por isso competente ação por calúnia e difamação. Instruído por seu advogado a responder que houve um mal-entendido, que não foi bem o que tinha dito, seguindo por esse caminho cumpriu o que lhe tinha sido sugerido. Porém, ao final, satisfeito com a forma como se saiu, completou: "Mas que o dito é ladrão e corrupto, é". Foi condenado.

De tantas, uma nos envolveu, a mim e ao Orivaldo. Nós tínhamos quebrado um grande galho para um ex-prefeito de Tapera, que, agradecido, nos prometera dois litros de *whisky*, do bom.

A coisa passou e nós até já havíamos esquecido. Um certo dia, de grande movimentação, eu estava atendendo um prefeito enquanto mais dois esperavam quando ele chegou, informando que naquele dia não vinha para trazer problemas, mas para cumprir a promessa. Os dois *whiskies* estavam no carro. Enquanto eu trabalhava o Orivaldo foi em busca do precioso líquido.

Vinte minutos depois, ele retornou, mas com apenas uma garrafa, levando-me a perguntar-lhe o que tinha havido. Disse-me que realmente o prefeito entregou duas garrafas de White Horse, *whisky* do bom para nossa bolinha. Quando ele entrou no elevador, o fundo de uma das caixas se abriu e a garrafa se espatifou. Muito desligado, perguntei-lhe: "Qual delas?" De imediato, ele respondeu: "A tua".

Cadeia

Setembro de 1975. Sexta-feira, final de tarde, passo na frente da sargenteação (área administrativa do quartel). Puta que pariu. Lá estava o meu nome. Caí de guarda no outro dia, justamente no aniversário do Ricardo, meu irmão.

Carne comprada, chope, trago, festa, mulherada convidada, o Schu ia trazer o violão, o Rui o bumbo, o Paulinho Maia viria também, menos eu.

Não era possível tanto azar. Fui para cima do Silvano, o tenente que ia ficar de oficial do dia, pedindo para que fosse trocado o meu nome. Mais caxias que o próprio Duque, negou-me o pedido, e não me deu ouvidos.

Irritado, disse-lhe: – Vou fugir da guarda.

A resposta veio seca: – Se isso acontecer, não te apresenta; vai direto para a cadeia.

Krause. 449 QM Soldado Atirador, segundo o Carneiro Rocha, naquela época o comandante do esquadrão, eu era um bom amigo, mas um péssimo soldado. O Terceiro Regimento de

Cavalaria de Guardas – Regimento Osório, esquina da Salvador França com a Bento Gonçalves e fundos para a Ipiranga, era comandado pelo Cel. Egeu Correia de Oliveira Freitas.

A salvação era o Nei, ou Nai, como ele gostava de ser chamado. Negro retinto, alto, magro, dono de uma boca que era puro sorriso e gargalhar. O Nei era ratão. Ratão é o cara que mora no quartel e, por uma graninha, substitui a gente nas horas difíceis. Paguei o Nei, e ele disse que eu não me preocupasse. Ia dar uma saída, tomar uma cervejinha e, na troca da guarda das dez à meia-noite, ele vinha me substituir na guarita da Salvador França, onde, naquele tempo, a rua era apertada e de chão batido.

Tudo correu normal. Às dez horas fui para a guarita substituir o outro soldado. Dez e cinco, dez e dez, dez e quinze, e nada do Nei. No mínimo, aquele merda tinha se esquecido, ou tomado uma borracheira. Nestas alturas, a festa devia estar correndo solta, e eu ali trancado, guardando não sei o quê.

Não aguentei; às dez e meia saí costeando o banhado, onde é hoje o campo de polo, fundos da Ipiranga. Pulei a cerca, ataquei um táxi, quase matei o motorista de susto e me fui para Ipanema. Cheguei em casa de capacete, armado, com bala e sabre na cintura. Meu pai ficou duro e estaqueado, quase que mato o segundo. A cagada estava feita; relaxa e goza. A minha ideia era ficar ali até as onze e meia, tomar uns tragos, e voltar só para mostrar que eu podia, ninguém ia desconfiar e no outro dia eu contava para todo mundo. Mas aquela coceirinha da sacanagem bateu, a festa estava boa, o chope gelado e a companhia dos amigos melhor ainda. Quando dei por mim, eram cinco da matina. Era tarde. A cagada que antes estava feita agora era completa. Não tinha volta. Sobrava a esperança. Peguei carona com o Clóvis, que estava voltando para casa e morava em Petrópolis.

Ipanema, Teresópolis, Aparício Borges, cruzamento com a Bento Gonçalves, entrei no beco que era a Salvador França, deslizei do carro rumo à cerca e pulei para dentro do quartel. Silêncio total. Ninguém por perto, o sol se espreguiçando, lusco--fusco e a guarita parecendo vazia. Ainda restava a esperança. Só a esperança. Lá de dentro saiu o cabo Duarte, puto da cara porque cabo não tirava guarda. Tinha passado a noite me substituindo por ordem do tenente Silvano. Me apresentei, meia volta volver, e saí marchando em direção à cadeia. Na porta me esperava o tenente. Mijada de praxe. Ouvi. Esperei. Depois olhei bem para ele e falei: – Eu disse que ia fugir.

O Coronel Egeu, exemplo de militar, é hoje General da reserva e dirigente da ADESG. O Carneiro Rocha já deve ser coronel. O Silvano é meu vizinho de praia em Capão Novo. Do cabo Clóvis não tenho notícia. E o Nei deve estar no bar até hoje tomando trago com o dinheiro que dei para ele.

Quase que deu certo

A coisa se deu mais ou menos lá por julho de 1988. Dentre outras atividades, eu dava consultoria jurídica para uma construtora de Porto Alegre e para uma imobiliária. A primeira, tendo comercializado um prédio de apartamentos em Rosário do Sul, na negociação final das coberturas que restavam, recebeu em dação uma casa de porte no município de São Luiz Gonzaga, de propriedade do Keko, fazendeiro da região e sobrinho do então deputado Aldo Pinto. Em razão da distância, o Flávio Candemil, diretor da Ideias Lançamentos Imobiliários, talvez uma das cabeças mais iluminadas que eu já conheci, figura humana que no mínimo merece um livro de histórias, resolveu fazer contato com uma imobiliária local.

Moreno de tez trigueira, sempre com a barba por fazer, o olhar sonhador, adjetivo inato a todo corretor de imóveis, o chimarrão correndo solto, aliado à simplicidade do homem missioneiro, acabamos fazendo contato com o Righetto, proprietário da Imobiliária Invest-Lar, em São Luiz Gonzaga.

Passou-se o tempo, tempo de vacas magras, muito magras, quando num final de tarde o Righetto, entusiasmado, me telefonou. Tinha laçado um cliente tão bom e tão forte que há dois dias andava grudado nele que nem o gado quando finca o garrão na macega. O tal do investidor, empresário do Uruguai, estava aplicando forte na região. Acompanhado do Righetto, que já não sabia onde meter o dinheiro da "comissão futura", o homem já tinha ajustado a compra de uma ceifadeira no comércio local, além disso, estava escolhendo um campo, e não queria pouca terra, procurava um bom depósito para instalar a sua transportadora; faltava agora uma casa de nível para sua moradia. Dinheiro para tudo isso era o que não faltava. As reuniões com o gerente do Banco do Brasil de São Luiz Gonzaga já haviam acontecido e o repasse do dinheiro viria do Uruguai na segunda-feira.

Estávamos numa quarta-feira de um frio intenso em Porto Alegre, eu e o Flávio nos olhávamos, completamente pelados, não sabendo onde enfiar mais um cheque pré-datado para navegar mais alguns dias. A salvação era a casa. Retornei a ligação para o Righetto, ajustando preço, comissão e honorários. Fechado. Fio do bigode, Cornélio Gregório Lemos Perez, o investidor uruguaio, além de não regatear preço, tinha pressa.

Hotel Cometa. Ficamos de nos encontrar ali, no domingo à noite. Janta, acertos finais, rotina em todo negócio de porte, para no outro dia, de manhã, pegar no Banco do Brasil o repasse do Uruguai, dali ao cartório para a assinatura da escritura e rumo a Porto Alegre com dinheiro no bolso.

Nestas alturas, o Righetto já estava se apresentando como assessor do empresário. A mulher, empregada como secretária, e um sobrinho, daqueles mala-sem-alça, tinha sido contratado como gerente da transportadora.

E o Righetto gastando por conta.

Pelado, pelado e meio. Alugamos um carro; afinal das contas, com um empresário deste porte não se podia baixar a cola. Domingo à tarde nos mandamos para São Luiz Gonzaga. Naquelas seis horas de viagem, já tínhamos pago as contas atrasadas, gasto na frente e feito novas. Embora o frio cortante, a proximidade aquecia as nossas mentes, além, é claro, de algumas doses de conhaque ingeridas num boteco da estrada.

Vinte e duas horas, e lá estávamos nós. Naquele tempo o Hotel Cometa era quarto, cobertor e cama. Se tu quisesses te aquecer, ou tu corrias em volta da quadra, ou subornavas o porteiro, que tinha uma espiriteira. Ficamos com a última opção, além de mais alguns conhaques, é claro. Deixamos o quarto e retornamos à recepção, ao encontro do Dr. Cornélio Gregório, que, na dúvida, com todo aquele dinheiro, merecia um Dr. Feita a pergunta, a resposta veio seca: – Não está, foi para a delegacia. O calor do conhaque perdeu o efeito, a surpresa se transformou em espanto; eram duas bocas abertas olhando para o porteiro. Passado o susto inicial, nos mandamos para a delegacia.

O tal do Cornélio Gregório Lemos Perez não tinha um vintém no bolso. Estava há uma semana no município, bem hospedado, comendo do bom e do melhor, participando de eventos, ciceroneado pelo pobre do Righetto, que mirava pela janela da delegacia, olhando os seus dólares voarem como um bando de andorinhas em despedida. O Cornélio não era doutor, não era empresário e, para dizer a verdade, não sei nem se era uruguaio. Os parafusos que tinha a menos compensavam-se com a lábia, a postura e aquele jeito especial de envolver as pessoas próprio do ilusionista, candidato a estelionatário.

O Cornélio valia tão pouca coisa que não compensava gastar com ele a comida da delegacia. O delegado registrou a ocorrência e deu uma hora para ele sumir do mapa. Restou-nos rir, aprender, uma janta no Chaplin Bar, restaurante recém-inaugurado, e uma grande borracheira. No outro dia, tão pelados como chegamos, fomos nos despedir do Righetto em seu escritório. Com uma mão agarrada na cuia, a outra no telefone, ele ligava para o gerente do Banco do Brasil ainda com a esperança de que o dinheiro viesse e de que o Cornélia existisse.

Uma grande mulher

De repente ela simplesmente apareceu como se viesse do nada. O seu jeito discreto, de imediato, foi o que mais me chamou a atenção. A expressão do rosto era de cansaço, mas não havia desânimo; ao contrário, estava ali a marca da serenidade.

Na sua companhia, Mila Cauduro e Lícia Perez, para nós, muito mais do que duas mulheres, dois símbolos femininos de participação ativa na história política do nosso estado; para ela, simplesmente Mila e Lícia, duas amigas.

Foi um instante, como um instantâneo pessoal. Ela chegou no exato momento em que o engenheiro discursava no plenário. Aliás, ele não discursava, a impressão que eu tinha é que ele tirava do coração as palavras, coordenando-as de tal forma que o seu sentido nos levava a uma vereda de um estado melhor, de um país melhor. Não que eu concordasse com tudo aquilo que ele dizia, mas ele dizia de uma forma tão especial, tão segura e tão apaixonada que me cativava. Naquele exato momento, o silêncio. Ele parou de falar, beijou-a no rosto, e trocaram ali na frente de todos algumas palavras, poucas, aqueles assuntos próprios do dia a dia entre marido e mulher. O colóquio talvez tenha finalizado com um "nos encontramos mais tarde em tal lugar". Despediram-se naturalmente. Ela sorriu. Simplesmente sorriu, um sorriso que dizia tudo. Então, ela olhou para o plenário como se de repente descobrisse a presença daqueles milhares de olhos que em absoluto silêncio aguardavam o desfecho daquela conversa privada e com a mão acenou num gesto suave de despedida.

Imediatamente foi aplaudida, muito aplaudida. Naquele exato instante, todos os que ali estavam viram a grande mulher que era Neusa Goulart Brizola.

Eu estava a dois ou três metros dela. Também aplaudi.

Reservada e silenciosa, assim era a mulher do governador Leonel Brizola. Assim era a irmã do ex-presidente João Goulart. Assim era a mulher que, numa das raríssimas entrevistas concedidas ao voltar do exílio, em 1979, reconhecia com modéstia: "Não enfrentei lutas políticas; acompanhei-as lado a lado com meu irmão e meu marido".

Alguns meses depois, chegou o seu momento e, silenciosamente como veio, silenciosamente nos deixou. Em 7 de abril de 1993, falecia Neusa Brizola.

Em agosto do mesmo ano, no exercício da assessoria jurídica da Câmara de Vereadores de Porto Alegre, redigi o projeto de lei denominando a Avenida Neusa Goulart Brizola, logradouro público localizado no bairro Petrópolis, em Porto Alegre, seguimento das ruas Nilópolis e Nilo Peçanha, cuja iniciativa foi proposta pelo vereador Artur Zanella.

Ao final da exposição de motivos do referido projeto, assim constou: "Não foi simplesmente a mulher de um político com forte militância. Foi a mulher que qualquer um de nós gostaríamos de ter como amiga, irmã e companheira de jornada."

A Lei n.º 7.385 foi sancionada pelo prefeito Tarso Genro em 23 de dezembro de 1993. Por minha sugestão constou naquele dispositivo que as placas denominativas da rua deveriam conter abaixo do seu nome a expressão: "uma grande mulher".

Magalhães Pinto

Se o Duda Mendonça ou o Washington Olivetto fossem contratados por ele, certamente cairiam em desespero.

O homem não era baixo nem alto. Não era magro, nem se podia dizer que era gordo; era flácido. Levemente corcunda, a cabeça totalmente careca e ovalada, com papada, aquele rosto era complementado com uns óculos de armação preta e quadrados. Para bonito a distância era estratosférica.

Se de um lado o marketing não tinha as mínimas condições de transformá-lo num ser bem apessoado, cheio de energia e vitalidade como um Collor de Mello, de outro, o *velhinho* lá em cima contrabalançou tudo isso no ser especial, no enxadrista político que enxergava sempre à frente, no negociador habilidoso que era José Magalhães Pinto.

Homem simples, casado com uma professora e pai de seis filhos, pré-requisitos fundamentais da sensibilidade humana, Magalhães Pinto foi longe. Transformou o Banco Nacional num império ao mesmo tempo em que a veia política o levou às asas da UDN. Dali foram sete mandatos de deputado federal, um de senador, tempo suficiente para fazer da vida pública uma missão, governador de Minas, ministro das Relações Exteriores, enfim, currículo para ninguém botar defeito.

Escorregou em 64, quando foi promovido pelos jornais a "chefe civil da revolução", e daí em diante a história se encarregou de contar e o tempo certamente o julgará.

Tudo isso foi Magalhães Pinto, e certamente muito mais. No início de 78, sem séquito como nas campanhas de hoje, viajou pelo país com a sua plataforma política. Aspirava, unindo a Oposição e parte da Situação, isto é, ARENA e MDB, a ser o primeiro civil na sucessão dos militares para chegar à Presidência da República. Não teve sucesso. O país ainda teria de esperar alguns anos. Naquela oportunidade veio ao Rio Grande. Visitou o então governador Guazzelli e se reuniu com políticos da esquerda e da direita numa certa noite, numa certa casa no bairro de Ipanema, tendo o Guaíba por testemunha e o brilho das estrelas.

Eu devia ter em torno de vinte e um anos, e naquela noite eu estava mais interessado em dirigir o carro que ia buscá-lo e levá-lo, não que eu fosse motorista, mas vinte anos atrás um guri da minha idade não tinha carro disponível para dirigir todos os dias. A reunião política se deu na casa do professor Gay da Fonseca e, por um acidente de percurso, história para outra história, eu acabei buscando e levando o homem.

Conversa? Nenhuma. Eu simplesmente não existia para aquela cabeça efervescente, para aquela liderança marcante e inconteste.

Naquela noite, após a janta, o pequeno grupo de aproximadamente dez pessoas, políticos de expressão, discutiu com ele a situação nacional. O país estava ansiando por democracia. Eu não me lembro quem estava ali, mas ele ficou gravado na minha memória. Naquela sala grande, com lareira, ele estava sentado em um canto, numa poltrona de braços. Terno cinza-claro, casaco levemente aberto, camisa branca e gravata. A cabeça caída para frente fazia com que eu enxergasse apenas a papada, os óculos e a careca.

Ouvia, simplesmente ouvia, e dos olhinhos pequenos escondidos atrás daquele par de óculos grandes saía uma luminosidade incrível que me deu a impressão de que a todos encantava. E assim foi. Enquanto os homens que ali estavam discutiam apaixonadamente, eu veladamente o observava e ele observava a todos. José Magalhães Pinto. Ele quase foi presidente. E naquele momento do *quase* eu estava ali ao lado dele.

Seu Gentil

Era 1976, o Dr. Synval Gnazzelli governava o Estado, era Secretário do Planejamento o Coronel Eduardo Maurel Müller, mas quem apitava mesmo na secretaria, ao menos para os assuntos mediúnicos, era Seu Gentil.

O que tinha de vivo, tinha de preguiçoso. Preto, alto e forte, lembrava o Lotar, assessor do Mandrake, com uma diferença: era meio delicado, nada contra, mas era.

O fato é que Seu Gentil era servente da Secretaria, não carregava peso, não ajudava em nada, não era muito chegado no serviço, a não ser, é claro, o fato de despachar no duplo sentido. Despachava no quinto andar da Secretaria do Planejamento, emprestando seus pensamentos espirituais a todos os trouxas que encontrava, aproveitando o ensejo para tomar *algum* com o fim de fazer despacho aos Pretos Velhos e Santos devidos, que com ele não andavam muito satisfeitos, pois, segundo as más línguas, as tais tarefas nunca eram efetivadas porque Seu Gentil botava a mão na grana.

Um dia, acho até que foi castigo de Oxalá, assumiu a área administrativa da Secretaria o Professor Velasquez. Espanhol, como indicava o sobrenome, era um misto de simpatia, determinação, liderança e competência. Não bastasse isso, era firme no trabalho, malandro e, como todo bom malandro, conhecia a hora.

O Velasquez chegou e botou todo mundo no serviço, inclusive o Gentil. Um determinado dia ele comandou uma mudança de andar e não brincou. Todo mundo pegou junto e não sobrou colher de chá nem para o representante dos assuntos sobrenaturais.

Na manhã seguinte, ao chegar em seu gabinete, encontrou em cima de sua poltrona, num papel celofane, de cor rosada, um pouco de milho, um charuto e outras *cositas más*, indicando um trabalho do alheio.

Imediatamente o professor, com aquele sangue peculiar dos espanhóis, chamou todo mundo na sala dele, inclusive o Gentil.

Todos em pé na sala atravancada. Silêncio absoluto. Um a um o Velasquez olhava e olhava o despacho. Dali a pouco ele pegou o charuto do celofane, ascendeu e deu uma imensa tragada. A fumaça, que não era pouca, foi toda expelida na cara do Gentil, acompanhada da seguinte frase: "Olha aqui, negão de merda! No dia em que isso aqui der certo, tu vais sentar na minha cadeira e eu vou entregar papel na rua".

O Gentil já morreu faz muito tempo. O professor Velasquez foi meu padrinho de casamento, está muito bem aposentado, tem uma boa casa em Petrópolis e hoje passa mais tempo na sua residência na praia de Tramandaí do que em Porto Alegre.

O furto

O risco era grande. Tinha passado a tarde pensando no assunto. Ao avocar a responsabilidade da decisão não havia hipótese de se pensar em erro. Nós estávamos a 500 quilômetros de distância do problema, e o problema era um barco de catorze metros de comprimento e que, por ser um barco de nível e pelas características de quem havia se apossado dele, podia ser afundado, danificado ou escondido. De outro lado, qualquer remédio jurídico através da ação competente importava em transferir a decisão ao Judiciário, dependência e tempo de que não podíamos dispor. O que fazer?

Roubar o barco.

De um lado, como vendedores, o Clóvis e o Pedro, muito mais que meus clientes, amigos de infância; de outro, como compradores, o Adilson, dono de uma pousada em Florianópolis, e o Jorge, um empresário argentino. O objeto, um barco, ou melhor, uma escuna de nome *Vagabond* com todos os acessórios e utensílios de uma embarcação de primeira linha. O preço:

55.000 dólares ajustados em cinco parcelas, tendo como foro para eventual litígio esta mui e valorosa cidade. Foi o primeiro contrato particular de compra e venda de um barco com reserva de domínio que eu fiz em dólar envolvendo um gaúcho, um catarinense e um argentino. Tinha tudo para dar certo. Não deu.

A coisa começou mais ou menos assim. Há uns quinze anos, num barzinho em Ipanema, depois de cento e vinte e sete cervejas, o Pedro e o Clóvis resolveram construir um barco para fazer passeios na ilha de Florianópolis. Com tanto lugar para tomar cerveja, naquele dia eu tive o azar de estar ali presenciando e testemunhando o nascimento de uma grande cagada. Os dois entendiam de navegar, mas não de construção de barcos e muito menos de atividade empresarial.

O barco foi construído, custou caro, foi para Florianópolis, começou a trabalhar e só dava prejuízo. Foi tanta confusão que eles resolveram vendê-lo. Lá por 1983, me convidaram para uma reunião em Porto Alegre, quando eu conheci os compradores. O argentino tinha dinheiro e queria investir no Brasil. Seu sócio, o catarinense, bom, alguma coisa fez com que o meu sensor avisasse que se devia ficar alerta.

O contrato foi feito com todo o cuidado, com a expressa clareza da reserva de domínio e em razão da tipicidade do bem com cláusulas firmes importando na retomada dele no caso de parcelas impagas.

A primeira parcela veio em dólar, a segunda chegou em atraso e com perna de anão e a terceira estamos esperando até hoje. Naquele momento, notifiquei expressamente os dois compradores. No outro dia, estava em Porto Alegre o empresário argentino, completamente apavorado, apresentando-me uma série de documentos em que demonstrava que havia feito os repasses ao seu sócio, bem como outros valores que deveriam estar sendo investidos na pousada, que, diga-se de passagem, de pousada só existia o pouso dos mosquitos num terreno que era um penhasco em frente à ilha de Inhatomirim, em Florianópolis, no continente. Tinha sido passado para trás.

Não havia tempo a perder. De madrugada, rumamos para Santa Catarina. No meu carro, o Pedro, eu e um segurança de nome Joel, num Ford Sierra de placas argentinas, o empresário, um marinheiro e um funcionário seu que não falava português, acho até que nem argentino, mas tinha o corpo de um touro, com a expressão do Frankenstein. O sol estava nascendo quando, a uns vinte quilômetros após a entrada de Florianópolis, nós dobramos à direita rumo ao mar na procura de uma enseada e do barco.

Encontramos. Até ali tinha sido fácil. Iniciava-se uma gincana comandada por um jovem advogado que por falta de uma opção mais segura decidiu pelo inesperado. Esse advogado novo e irresponsável era eu.

Na beira da praia aluguei de um pescador um barco a remo, botei o Joel e o marinheiro dentro e instalei-os na escuna. Eles tinham que fazer o motor do barco pegar e, mesmo sem autorização formal da Marinha, deveriam tomar o rumo do mar alto e só à noite encostar âncora no Iate Clube de Bombinhas. Até lá eu tinha que sair dali, notificar o excomprador, procurar uma delegacia, distribuir a competente demanda judicial e depois disso, com a maior *cara de pau*, procurar o Capitão Vichete, então comandante da Delegacia dos Portos em Florianópolis, para explicar o ato audacioso e alucinado.

Em vinte minutos de tentativa o motor pegou. Nessas alturas, eram quase nove da manhã, eu estava na beira da praia de terno e gravata, sem sapatos e com as calças arregaçadas, e acendia o meu primeiro charuto. O barco estava salvo. A partir daquele momento quem tinha problemas era eu. Dois carros estacionados na praia, descendo deles o Adilson, "171" em carne e osso, com quatro ou cinco companheiros da mesma laia. Se eu dissesse para vocês que não me assustei, essa história verdadeira passaria a ser mentira. Enquanto eu corria pro carro, o Joel, que já havia deixado o barco, e o Frankenstein fizeram o primeiro exercício matinal. Ambos de cérebro pouco avantajado entre fazer uma barreira e surrar os meninos, acharam mais agradável a segunda opção. Nessas alturas eu já estava na estrada. Mais tarde vim a saber que o serviço fora feito a contento.

Dali em diante o louco cronograma foi cumprido à risca. Às dezessete horas, quase ao fim do expediente, eu me apresentava devidamente documentado na capitania. Eles já sabiam.

Costumeiro chá de banco. O Capitão me recebeu em pé e de cara amarrada, porém curioso. Expliquei-lhe circunstanciadamente o ocorrido. Ouviu-me. Na qualidade de procurador dos proprietários originais do barco, meus clientes, fui autuado por todas as infrações possíveis, deslocamento sem autorização da Marinha, falta de instrumentos básicos essenciais, falta de iluminação, deslocamento fora da rota predeterminada, marinheiro sem carta de habilitação, etc., além, é óbvio, fui devidamente mijado. Ao final, o Capitão silenciou observando-me seriamente. A seriedade se transformou em sorriso. O sorriso em risada e a risada em gargalhada, quando ele me disse: "Eu não teria coragem pra fazer o que tu fizeste.

Tiveste mais sorte que juízo, e que ninguém nos ouça, foi merecido."

Saí da capitania cheio de multas, mas com a competente autorização para navegar com o barco. De madrugada entregava o documento ao marinheiro da escuna. O *Vagabond* estava recuperado.

Menestrel das Alagoas

Foi mais ou menos por 1977.
    Naquele tempo ele ainda não tinha sido derrubado pelo câncer, a quimioterapia não tinha lhe tirado os cabelos, ainda não se discutiam tão abertamente as eleições diretas, o Brizola não tinha voltado do exílio, a marcha pela democracia que agregou Dante de Oliveira, homem das diretas, Tancredo Neves, Lula, Arraes, Montoro, Ulysses Guimarães, dentre outras tantas figuras exponenciais de nossa recente história política; naquele tempo a Fafá de Belém não era musa de ninguém; naquele tempo, incrivelmente, ele era Senador da República, eleito pela extinta ARENA; mas naquele tempo tanto quanto seus cabelos fartos e revoltos, contrariamente a muitos de seus companheiros, as suas ideias eram liberais.
    Naquele tempo, tanto quanto noutro tempo, lá fui eu buscar o Senador Teotônio Vilela no aeroporto. Era um motorista sem carro que dirigia por prazer.
    O porquê e o como são irrelevantes, o fato é que lá estava motorista sem quepe, dirigindo o carro do tio, Senador Gay da

Fonseca, tendo ao lado o ainda não tão grande Senador Teotônio Villela: "dois galo forte e um zé ninguém".

Lá fomos nós para o Bologna. Ao menos no meu chão.

Talvez tenha sido ali, afirmar seria muita presunção; se não foi ali, foi por aquela época que ele iniciou os primeiros passos na sua caminhada pelo país. Ele era veemência e paixão. Acreditava no que fazia e acreditava no país, tinha um sentimento de brasilidade que não vi em outros homens; para ser mais exato, não presenciei.

Lembro-me dele naquele momento, raro e histórico, e imagino que talvez tenha sido uma das poucas vezes que um homem daquela envergadura tenha sido tão brilhante para apenas duas pessoas ouvirem. Foi um desperdício. Talvez não tão avassalador, pela semente que foi plantada.

Ficou a irradiação da figura cativante que eu conheci, e que, embora por poucos momentos, me marcou profundamente.

Ele nos deixou, derrubado pelo câncer, após muito sofrimento. Nem mesmo assim se entregou. Foi um homem impregnado de paixão. Seu legado certamente foi deixar uma luz, uma pequena chama de luz que certamente, somada às pequenas chamas de luzes de homens de sua envergadura, iluminarão o caminho para um país melhor, para um mundo melhor.

Restou na memória o fato histórico, o vaidoso orgulho de tê-lo conhecido, a doce lembrança das suas palavras, os cabelos negros e revoltos e o olhar especial e único daquelas pessoas que vieram para cumprir uma missão. Teotônio cumpriu.

Numa determinada noite, como qualquer outra noite de Porto Alegre, eu tive o privilégio de conviver por algumas horas com aquele poço de sabedoria humana, o menestrel das Alagoas.

A notícia

Ele era uma mistura de empreiteiro com mestre de obras, há muitos anos contratado pelo meu pai para fazer uma pequena construção na nossa casa de Ipanema. Era uma churrasqueira rústica, com aproximadamente 30m², preparada para ter forno, fogão, quesitos essenciais aos apreciadores da boa comida, inacabada até hoje.

O Tolentino era uma pessoa especial, tinha lá seus quase sessenta anos, cabelo forte e branco, cara vermelha, bigodinho ralo, meia dúzia de dentes, não precisava mais do que isso. Uma barriga vistosa daquelas de quem gosta de uma boia forte.

Ele chegava de manhã, com o jornal embaixo do braço, lia as notícias, polícia e esporte certamente, tomava um café preto com pão e quando tu achavas que ele ia começar a trabalhar, ele encetava uma conversa, até porque as coisas não podiam ser tão apressadas. Aí ele dava uma medida aqui, uma medida acolá, examinava a altura da parede e esperava a chegada dos dois serventes que ele havia contratado, porque um homem da *competência* dele não podia se agarrar no serviço pesado sem assessoria. Assim, as paredes da churrasqueira iam sendo levantadas vagarosamente. Eu era guri e gostava muito do Seu Tolentino, a velocidade da obra a mim não atingia. Agradava-me mesmo o seu papo furado. Assim foi indo a obra, levantadas as paredes, colocado o piso, ajustadas as aberturas, o telhado, a chaminé e a churrasqueira propriamente. Faltavam apenas os acabamentos finais.

Numa quinta-feira, o Tolentino se despediu um pouco mais cedo, dizendo que tinha um compromisso: seu compadre tinha chegado de Criciúma, era muito mais do que um compadre, era seu melhor amigo, iam assar uma costela, tomar uma *gelada* e trocar uma prosa, especialidade do Tolentino.

Foi-se a sexta-feira, sábado, domingo, segunda. Terça-feira ele apareceu cabisbaixo e triste. Na noite anterior, no bom da conversa, o compadre tinha tido um violento ataque cardíaco e morreu na frente dele. Não chegaram nem a provar a costela. O que fazer?

Seu Tolentino morava numa vilinha depois do Cantegrill, perto de Viamão. Não havia dinheiro pro velório, não havia o que dizer e não havia como avisar a família. O que fazer?

Reuniu meia dúzia de vizinhos, fizeram uma vaquinha e um deles, mais aquinhoado, que tinha uma Brasília (não a amarela dos Mamonas), se ofereceu para levar o falecido a Criciúma do jeito que estava. Lá se foram eles, o vizinho dirigindo, o Tolentino de copiloto e compadre atrás, com a cinta da calça amarrada no banco. No trajeto entre Porto Alegre e Criciúma ele foi estudando e pensando numa forma de contar o acontecido à comadre de modo que a notícia quando contada tivesse o sentido de amenizar a tragédia. E lá foi ele pensando, conto isso, conto aquilo, conto que ele estava feliz, conto que ele falou dela, conto que ele se sentiu mal, conto que tentei levá-lo ao hospital, que os médicos fizeram de tudo, enfim...

Eram quatro horas da manhã, eles chegaram num pequeno distrito de Criciúma e no fim de uma rua apertada, onde só havia uma luz acesa, estacionaram o carro. Na frente, a casa do falecido, e certamente sonhando com os anjos sem saber de nada, a comadre dormia.

Tenso e nervoso, o Tolentino desceu do carro, encaminhou-se até a porta da casa e bateu. Primeiro levemente, depois forte. Minutos depois, outra luz se acendeu, uma janela se abriu e a comadre com cara de sono, olhando o Tolentino na rua, sorriu, dizendo:

– Mas e aí, Tolentino, que surpresa! Justamente quando tu chegas aqui o compadre foi em Porto Alegre te visitar.

Sem saber o que dizer, Seu Tolentino afirmou:

– É verdade, eu estive com ele. Aliás, estive com ele até há pouco.

– Pois então – disse a comadre –, se tu estiveste com ele até há pouco ele deve estar contigo.

– É verdade – disse o Tolentino, nessas alturas completamente atrapalhado, e completamente esquecido de toda a preparação que havia construído para dar a má notícia.

– Então ele está bem – retomou a conversa a comadre.

– Tá muito bem – disse o Tolentino. – Tá lá no carro.

– Se ele está lá, por que não desce?

– Não desce porque não pode – disse o Tolentino, já suando frio.

– Não pode por quê?

– Não pode porque tá morto, e morto não caminha.

Foi o melhor anúncio fúnebre que o Seu Tolentino encontrou para aquele momento difícil. A comadre entrou em pânico. O compadre em algum lugar no céu tá rindo até hoje.

O conserto

Quando a campainha tocou, meu primeiro pensamento era de que ali estava a salvação. O apartamento estava um caos, o courinho da torneira do banheiro ou a torneira do courinho, nós os incautos não entendemos muito disso, bem, mas não importa. O fato é que aquela pingação estava insuportável.

Abri a porta, e lá estava ele na minha frente. Olhinhos pequenos e vermelhos que indicavam que alguma coisa tinha substituído o café da manhã, certamente um martelo de canha. O bafo não era dos mais fortes, uma vez que o bodum era geral. Na boca, um sorriso de dois dentes: um para nada servia, o outro segurava um toco de cigarro apagado que ali devia estar há uns quatro dias. O resto era uma camisa surrada, uma calça do mesmo estilo, chinelos de dedo e uma caixa de ferramentas onde certamente tudo se podia encontrar.

Ele me olhou e disse: "Osório, às suas *ordes*".

Entre a pingação e o Osório, fiquei com ele. Foi o meu primeiro erro daquela manhã. As dez ou doze primeiras passadas entre a porta de entrada e o banheiro denotavam claramente a sua presença, pois os chinelos estavam tão sujos de caliça que marcaram o chão. Enfim, entrou no banheiro e se defrontou com o seu inimigo, a torneira.

"O causo é simples", ele me afirmou com segurança. Deixou cair a caixa de ferramentas no chão com tal delicadeza que me lascou um azulejo. Certamente serviço para um pedreiro, bem, isto é outra história. O meu segundo erro da manhã foi imaginar que aquele homem consertaria alguma coisa. Abriu a caixa e de lá saiu de tudo; os primeiros minutos foram de espanto, os outros de raiva e os últimos de resignação. Seja o que Deus quiser. Aliás, esse foi o meu terceiro erro: Deus já conhecia o cara de longa data e achou melhor não se meter. Lá ficou ele, ele e o toco de cigarro apagado. Foi martelo, foi chave de fenda, chave de boca, e daqui a pouco um jato de água me sai do banheiro em direção ao corredor. Tinha furado um cano. E a torneira lá, quietinha e pingando. Foram três horas de muitas tentativas e poucos resultados.

Então ele saiu do banheiro, olhou para mim e disse: "O causo não é tão simples, vou *percisar* do ajutório do compadre Onofre, que *causualmente* está fazendo um *selvício* aqui no apartamento ao lado". Foi o meu quarto erro, e certamente também o do meu vizinho. Com Deus fora da jogada, não havia quem me acudisse a não ser o próprio Osório e o seu compadre Onofre.

Trinta minutos depois, voltaram os dois. Era a dupla perfeita. Naquele espaço de tempo, certamente o assunto devia ter sido tratado com muita seriedade no boteco da esquina do meu prédio, regado a mais alguns martelinhos de canha.

A dupla entrou no banheiro e eu, nessas alturas, hesitei entre me jogar pela janela ou enforcar-me com a corda da cortina.

Deixei-me cair no sofá e, folheando uma revista qualquer, simplesmente aguardei.

Meia hora de barulho, e um silêncio mortal. O medo tomou conta de mim totalmente. Aproximei-me passo a passo no rumo do banheiro, abri a porta e encontrei um buraco na parede, o guarda-toalhas quebrado, o vidro do box trincado, a saboneteira num canto do banheiro, o sabonete no chão, uma molhaçada total, uma sujeira total, mas a torneira tinha parado de pingar. Então, ele olhou para mim com ar vitorioso e afirmou enfático: "Doutor, tá *selecionado* o *poblema*".

A vaca nua

Esta, contam, deu-se em 1923. As mães de santo já tinham prognosticado que o ano seria de muito peixe. O pessoal estava preparado e até aquela época não dava para reclamar. Mas a coisa pegou fogo mesmo quando veio o tempo da tainha. Seria um ano de grande festa.

Quem me contou foi seu Paulo, pai do Maneca. Diz ele que numa manhã o rapaz que estava na vigia deu o sinal de que a marcada estava entrando na baía da praia de Lagoinha.

Mas o cardume era tão grande e era tanto peixe que não dava para contar o número certo. Todo mundo correu para a praia a fim de ajudar no arrasto. A rede estava tão pesada que não se podia aguentar o repuxo da tainha. Era criança, velho, mulher, pescador, mais o pessoal da redondeza que mandaram chamar. Vieram até dois homens que estavam carneando uma vaca. Deixaram a coitada presa no toco, já sem couro, e correram para ajudar também.

Depois de muito enredo e muito esforço, a rede chegou à praia. Era tanta tainha que a contagem foi a 360 mil. Depois, cansaram.

Dizem os daquela época que no outro dia tiveram que fazer valas na beira da praia, a fim de enterrar a peixarada, pois em todo o Estado não havia mais caminhão para carregar os bichos.

Foram três dias e três noites sem parar!

Terminada a pescaria, os que estavam carneando a vaca voltaram para terminar o serviço. Qual não foi o susto quando chegaram no matadouro e ficaram sabendo que o pobre animal tinha fugido nu, pois a correria para escapar da morte foi tanta que ele não levou nem o couro, que acabou ficando no chão.

Os velhos pescadores comentam até hoje que nos dias de inverno e muito frio, em que o vento do mar corre para a mata fazendo barulho, se ouve o choro da vaca que, sentindo frio na carne, procura pela madrugada o seu couro perdido...

A novela

Não é querer bancar o soberbo, mas andar de ônibus não faz o meu gênero. Ainda mais naqueles dias em que o calor e o suor andam abraçados terminando com a vida da gente. Pois é geralmente quando mais se precisa tomar o vulgo humilhante.

E foi num dia desses (já faz muito tempo), de verão intenso, que o plebeu aqui teve a honra, ou necessidade, de pegar o dito. Por volta do meio-dia, entrei suado e apressado, não sei qual em primeiro lugar, no ônibus Ipanema-Centro. Por sorte encontrei um banco onde sentar. Não sei por que aquele lugar estava vago, com tanta gente em pé. Estava tão cansado que não dei importância ao meu vizinho de assento.

Alto magro, muito magro, cabelo alisado com cera. Não, não usava óculos, mas as orelhas eram tão grandes que se carregassem dois pares ninguém ia notar, em vez disso, uma delas amparava um cigarro apagado, pra usar, quem sabe, no momento oportuno. O indivíduo estava quieto na sua janela, acompanhado de um rádio daqueles de carregar em carrinho de mão que, ligado a todo o volume, apresentava a conhecida novela *Adeus, Desconhecida*. O som estava tão alto que todos já participavam do desenrolar da narração.

O silêncio era sepulcral, quando numa curva dessas que só motoristas de ônibus sabem fazer um cachorro resolveu atravessar a rua sem prestar atenção ao sinal, encontrando-se inesperadamente com o veículo transportador de passageiros.

Mas, voltando à curva, que foi feita com duas rodas no ar – uma no cordão da calçada, outra de encontro com o já falecido cachorro (pois o pobre animal morreu de ataque cardíaco ao se deparar com o gigantesco coletivo) –, o alvoroço foi tão grande que até o meu silencioso colega de banco pôs-se a gritar, não pelo rebuliço, nem pelo triste fim que teve o incauto animal, mas porque na dita curva o seu *radinho* havia caído pela janela, motivo pelo qual até hoje não ficamos sabendo o final do drama novelesco.

Quase deu certo – 2

Tinha tudo para dar certo. Não deu. Talvez por não ter dado certo eu me permita contar. Se desse, o Beto e eu estaríamos em silêncio até hoje.

O Beto, bem, devem existir trezentos mil Betos no Rio Grande do Sul, é o culpado (aliás, sempre tem que existir o culpado).

A coisa começou mais ou menos assim: eu não sei se nós tínhamos tomado 27 ou 72 cervejas (a ordem dos fatores...), eu me lembro que foi de noite, no centro, no Adelaide's, não o de hoje, mas aquele que nós conhecemos, e que alguns poucos privilegiados conheceram. Eu não era frequentador, mas por uma cerveja gelada, boa companhia e conversa fiada qualquer lugar me servia.

Para os que são daquele tempo, lá por 74 ou 75, o caminho para a conclusão do Segundo Grau era Tubarão ou Criciúma. A gente se inscrevia em Santa Catarina, não estudava porra nenhuma, ia lá fazer as provas e com um pouco de sorte passava.

Com a base do Anchieta, onde fiz até o primeiro Científico, o grosso eu tinha matado. Faltavam as mais difíceis: Química, Física e Matemática.

No meio daquele monte de cervejas, o Beto veio com uma ideia luminosa. Aliás, aquilo não era uma ideia, era um plano de ação fantástico.

Tinha tudo para dar certo, mas não deu.

Quem estava lá se lembra. O único colégio de Criciúma onde se faziam as provas do Segundo Grau naquele tempo certamente há de confirmar. Ele ficava num quarteirão cercado por quatro ruas. A ideia era que nós entrássemos, sentássemos na janela, um terceiro entraria também, responderia as questões com rapidez, preencheria a grade das respostas, entregaria ao fiscal e se retiraria do prédio com o livro de questões.

Na rua, o livro seria entregue para dois professores conhecidíssimos de nossa "mui leal e valorosa", quiçá também do estado, dos quais eu estou louco para dizer os nomes, mas não posso, eis que são respeitáveis mestres de cursinho pré-vestibular em Porto Alegre. Com o seu inquestionável conhecimento, responderiam em minutos as questões, e as letras das respostas, em código, seriam repassadas para nós.

Tinha tudo para dar certo, mas não deu.

A ideia mirabolante do Beto, de as respostas chegarem até nós, vinha com duas alternativas. Na primeira, um carro com megafone, pintado com propaganda de um curso pré-vestibular inventado, daria voltas em torno do colégio fazendo sua propaganda e cada determinada frase correspondia a uma letra. Independente disso, para reforçar a certeza das respostas, do automóvel alguém ficaria com uma pequena placa com a propaganda do dito cursinho, cujo texto, também em código, nos permitia entender o teor de cada letra e de cada pergunta.

Era mais ou menos assim: se o cara do microfone dissesse que o endereço do curso ficava na Rua 22 de abril, número 55, terceiro andar, as respostas de um a seis seriam B, B (22), D (abril), E, E (55), C (terceiro).

Tinha tudo para dar certo, mas não deu.

Tudo arrumado. Inscrição feita, identidade no bolso, lápis, algum para a boia e para a cerveja, mais algum para dividir a gasolina do carro, e uma reserva para a festa (foi o nosso erro). A partida parecia ganha, nós invertemos a ordem e começamos pela festa.

Tu te lembras do Corcel? Aquele mesmo, o primeiro que lançaram. Um pouquinho depois lançaram o *esporte*, que tinha um listra preta no meio. Foi o nosso meio de transporte.

Nós éramos em cinco (sem contar os dois professores, que já tinham ido para lá). O piloto, o sempre lembrado Eroni Carus, um político que fez história, que já era formado, e foi pela companhia e pela festa, o copiloto era o cara que tinha se inscrito e ia sair com a prova debaixo do braço. O terceiro estava no Adelaide's naquela noite, adorou a ideia e foi pelo prazer da sacanagem. Os outros dois, o Beto e eu.

De Porto Alegre a Criciúma, o planejamento e os detalhes foram só aperfeiçoados. Chegamos na cidade à noite, fomos ao *local do crime* para reconhecimento do terreno e não vimos dificuldade. A prova era no outro dia pela manhã. O que fazer até lá? Aí, nós fomos comer alguma coisa com o time completo, os três assessores, os dois professores, o Beto e eu, já com a sensação do certificado de Segundo Grau no bolso. O problema foi que entre comer alguma coisa e beber alguma coisa, o tempo foi passando, foi passando, e tal como disse o General Figueiredo, a borracheira foi ampla, geral e irrestrita.

A prova era às oito.

Às sete horas da manhã nós saímos da zona (eu não sei se a zona era boa, mas para a nossa bolinha.,.), passamos numa farmácia, eu me lembro que era na frente da praça (grande coisa, não tem município que não tenha praça), tomamos um coquetel de Engov e Epocler e fomos direto para o colégio.

Tinha tudo para dar certo, mas não deu.

Apresentamo-nos no colégio, e surgiu o primeiro problema. Embora nós tivéssemos caído na mesma aula e na janela, estávamos no segundo andar. A borracheira tinha sido tão grande que nós não conseguíamos enxergar a prova, quanto mais um cartaz a trinta metros de distância.

Mesmo assim, a primeira parte do plano correu bem. O nosso *laranja* pegou a prova, respondeu em minutos, entregou a grade e se retirou da sala. À distância, eu ainda consegui vê-lo saindo porta afora, entregando o livro de questões para o *professor* resolver as questões.

Eu cutuquei o Beto dizendo: "Tá tudo encaminhado".

Em dez, quinze minutos as provas estavam corrigidas, e a nossa equipe de três começou a preparar o bólido para desfilar em torno do colégio fazendo propaganda do tal do cursinho e passando as mensagens em código. Tinha tudo para dar certo.

Acontece que a rua era curta, a gente pegava as primeiras quatro ou cinco questões e quando o carro fazia a volta, não se conseguia saber se ele estava informando da sexta, da décima ou da décima quinta em diante. A ideia era boa se houvesse continuidade; nós não havíamos pensado nisso, nem também de que tal era a barulheira do megafone que alguns minutos mais tarde a direção do colégio chamou a polícia para correr dali aquele Corcel vermelho com placas de Porto Alegre, dirigido por um irresponsável, levando dois por fora da janela, que já estavam sem camisa, com as placas rasgadas e borradas dum cursinho fajuto, que nós nem com telescópio conseguíamos enxergar as letras.

O Corcel saiu do ar. Sobrava ainda uma reserva técnica, certamente pior que as outras. Nós havíamos combinado de madrugada, no meio da borracheira, quando discutíamos o preço da conta na casa noturna de quadragésima categoria. Seu nome: operação desespero. Um dos três (dos nossos assessores, é claro), mediante sorteio, sairia correndo em frente ao colégio, gritando no megafone, e seja lá o que Deus quiser. Até aí tudo bem, se na frente da portaria não trocasse o endereço de Porto Alegre por um de Criciúma, que no meio da descrição devia citar duas letras E. Ele inventou um prédio com cinquenta e cinco andares. Aí, o Beto e eu não nos aguentamos, e no silêncio sepulcral da aula caímos em gargalhada. Quase fomos expulsos. Tinha tudo para dar certo, mas não deu.

Realmente o crime não compensa. Algum tempo depois, concluímos de forma normal o Segundo Grau, viramos advogados, o Beto, bem, algumas pessoas sabem quem é o Beto, como outras sabem dessa história, sabem que ela aconteceu e sabem que ela é verdadeira. Se não se tivessem passado 25 anos e se não fosse a borracheira, esta história não poderia ser contada.

João Aveline

Soldado atirador 449, Eduardo Battaglia Krause, nome de guerra Krause, certificado de reservista de primeira categoria, Ministério do Exército, 3.º Regimento de Cavalaria de Guardas – Regimento Osório.

O ano era 1975, o governo era Geisel, os militares estavam no poder, a esquerda insatisfeita e os *comunistas* eram o símbolo do mal.

Eu estava retornando para casa e vi o meu nome na sargenteação (área administrativa do quartel) marcando guarda para o dia seguinte. Puta merda! Ainda mais essa.

Apresentação: 7h30min. Continência. Atos de praxe da troca de guarda que saía para a outra que entrava. Lá fui eu para a guarita destinada. No meio da tarde, fomos chamados pelo oficial de dia, tenente recém-saído da AMAN (Academia Militar de Agulhas Negras), daqueles que batia continência até para a sombra. O assunto era sigiloso e de segurança nacional. Haviam preso um importante comunista. Devíamos estar atentos, a guarda seria reforçada, pois todo cuidado era pouco.

Com dezoito anos, na flor da idade, sem nenhuma tesão pelo quartel, eu estava mais cagando e andando para o fato ocorrido. Mas a descrição foi tão violenta que eu imaginei que o homem que estava preso representava tanto perigo que, no mínimo, devia ter dois metros de altura por três de largura, quatro olhos e uma força descomunal.

Noite. Fui escalado para levar comida àquele dragão (nessas alturas, eu já imaginava que o homem pusesse fogo pela boca). De um lado o tenente perfilado, de outro o cabo do rancho com a boia, na frente eu com a arma cruzada, preparado para a qualquer momento responder ao violento ataque. Aberta a porta, ali estava ele: grisalho, algumas entradas na cabeça, dócil, educado, de óculos e dotado de um olhar cativante, daquelas pessoas que não precisam se expressar para serem marcantes. Marcou-me. Baixei a arma, pois achei que era uma afronta e um desrespeito àquela pessoa que, de munição, tinha apenas as suas ideias.

O alerta, o grito e a mijada foram imediatos. O tenentinho chamou a minha atenção de forma forte, para que eu tomasse tento, cruzasse a arma novamente porque o elemento era perigoso. Como não podia deixar de ser, a resposta veio curta, seca e no exato volume da minha idade e da minha irreverência:

– Ah! Não fode, tenente!

Eu não sei quanto tempo aquele comunista ficou preso, mas a minha resposta rendeu três dias de cadeia.

Passados vinte e quatro anos, no dia primeiro de junho de 1999, às vinte horas, eu estava na fila, juntamente com o Polaco, o Marçal, o Campesato, o Honório Perez, o Pilla Vares – que chegou abraçando a todos e dizendo que, com aquela turma, o "muro ainda não tinha caído" – e mais uns catorze comunistas para colher o autógrafo do João Aveline, que estava lançando o livro *Macaco Preso para Interrogatório – Retrato de uma época.*

Passados vinte e quatro anos, ali estávamos nós, o ex-guarda e o ex-preso político. Frente a frente, por poucos minutos, nós recordamos um passado distante. De um lado o guarda, que não sabia quem era o preso nem o que estava fazendo ali, e de outro o preso, cujo único crime talvez tenha sido pensar, sob o seu enfoque, um país melhor.

Um coronel democrata

Eu estava remexendo nas minhas gavetas e encontrei perdido um pequeno bilhete que me fez retroceder no tempo, há mais ou menos seis anos. O texto dizia assim: – Sem vaidade! Nem "eu" realizaria coisa melhor... Junto ao pequeno bilhete, preso a um *clip*, uma poesia chamada Bota Velha, com uma dedicatória dirigida a mim e assinada pelo autor, vereador Pedro Américo Leal, homem da caserna, ARENA, PDS, PPR e PPB.

Naquela época, eu estava na Câmara de Vereadores de Porto Alegre, atuando no Jurídico da Assessoria Técnica Parlamentar, atividade que muito me gratificou pela participação em diversos projetos, que foram aperfeiçoados por mãos mais competentes e acabaram sendo transformados em textos legais.

Um dia, fui chamado pelo Edmundo Soares, então chefe de gabinete do vereador Leal, com quem seguidamente cruzava nos corredores da Câmara, porém sem muita intimidade.

O comodoro Edmundo eu já conhecia de sonhos sonhados juntos, pois por muito tempo e certamente até hoje lutamos pelo aproveitamento da Ilha do Presídio como polo turístico, cultural e histórico, vozes que se somaram a tantas outras, pena que ainda não chegaram ao ouvido certo.

Do vereador, conhecia a presença constante no plenário, do verbo, da autenticidade, sua marca pessoal.

A conversa inicial, como não podia deixar de ser, começou pela caserna, caminhada que fez dele um oficial brilhante e de mim um soldado da cavalaria, mais incompetente e desastrado que o Recruta Zero (aquele mesmo da revista, que não sei se ainda circula por aí).

Finda a introdução, ele me colocou a ideia. O centro da cidade estava desprotegido. Naquela época, no coração de Porto Alegre, se alguém se sentisse mal, se alguém fosse assaltado, se houvesse um princípio de incêndio, não havia como prestar atendimento imediato, dada a distância do socorro mais próximo. Nasceu aí o pequeno embrião de um projeto de lei, que acabou criando, por iniciativa do vereador, o primeiro Centro de Apoio Integrado – CAI de Porto Alegre.

Consultado sobre os aspectos políticos, ele foi taxativo:
– Deixa que eu falo com o Tarso (prefeito de então), ideologicamente nós não temos as mesmas ideias, mas ambos queremos o melhor para a cidade.

Alguns dias depois, ele me telefonou para que tocasse a minuta do projeto de lei, que ele já tinha conversado com o prefeito.

A matéria foi aperfeiçoada, o plenário aprovou, fluiu o tempo e o Prefeito de Porto Alegre sancionou a Lei n.º 7.397, de 4 de janeiro de 1999, autorizando o Poder Executivo a instalar, no âmbito do município, o Centro de Apoio Integrado – CAI.

Hoje, quando passo pela Mauá, próximo ao Palácio do Comércio, lá está a obra fruto da ação e da ideia de um homem de direita somada ao ato da realização do partido de esquerda que governa a cidade. Ali está o primeiro Centro de Apoio Integrado – CAI de Porto Alegre. Embora ainda não totalmente concluído, contém uma delegacia de polícia, um caminhão de bombeiros e um socorro médico para os casos de urgência. Futuramente contará ainda com atividades do Juizado da Infância e da Juventude e com serviço de assistência social.

Mais adiante, os bairros com grande movimentação, tipo Azenha e Assis Brasil, também terão o seu CAI, o que certamente minimizará os problemas de atendimentos imediatos aos cidadãos, que merecem atenção plena do Poder Público. Prevaleceu a sensibilidade e o bom senso, ficando em segundo plano as rusgas políticas, inerentes ao dia a dia dos pensamentos ideológicos contraditórios.

Do vereador, guardo carinhosamente a poesia, o bilhete e o seu exemplo. Nos últimos trinta anos, ele tem feito parte do cenário rio-grandense com uma autenticidade que granjeou o respeito e a admiração, inclusive daqueles que em nada concordam com o seu modo de pensar.

Jogatina

A conversa ia fiada, solta e a coisa se deu mais ou menos assim. Quando estava começando a contar, o Luiz Ribeiro entrou na sala. O assunto era jogatina.

Eu estava no escritório num final de tarde preparando um material objetivando instalar um condomínio em Rosário do Sul quando chegou o Flávio (ver "Quase que deu certo"), que com o seu jeito especial de ser me sugeriu que compensava mais ir dormir em Livramento: eu comprava uns uisquezinhos, aproveitava e passava no cassino e que não me esquecesse de jogar no 14.

Sexta-feira de tarde, documentos separados para a viagem, quando o Pujol me telefonou meio chateado e meio sem rumo. Ter perdido a eleição de 86 tinha sido um golpe muito forte, neste que é hoje um brilhante vereador desta nossa "mui e valorosa cidade".

Para não viajar sozinho, o Fialho, dirigente da construtora, sugeriu que convidasse o amigo e parceiro comum.

Rosário do Sul, noite. Reunião com condôminos, assinaturas de praxe. Missão cumprida, rumo a Livramento. Lá nos esperava uma bela parrijada e uma boa Norteña. Retornando ao hotel nos demos conta de que tinha faltado cigarro. O porteiro nos informou que, àquela hora, próximo à praça havia uma tabacaria aberta. Fumantes inveterados, lá fornos nós.

Na frente da praça uma placa luminosa nos chamou a atenção: Cassino. Olhamos um para o outro e resolvemos fazer uma fezinha. Era mais ou menos meia-noite. Pelado, eu não podia gastar muito dinheiro. Comprei vinte fichinhas e o Pujol fez o mesmo. Rodamos de uma mesa a outra, muito menos como observadores ou jogadores experientes e muito mais para ganharmos tempo, pois imaginávamos que o dinheiro sumiria em minutos. Paramos numa mesa qualquer, jogamos as fichas em números aleatórios e, de repente, não sei de onde, ouvi a voz do Flavinho: "Joga no 14".

Deu pleno.

Foi fichinha para tudo quanto é lado. Lembrei-me dos tempos de guri, quando jogava bolinha de gude. Peguei as vinte fichinhas que tinha comprado e pus no bolso de trás da calça. A joga estava garantida, o resto, seja o que Deus quiser.

Daí até as três da manhã a coisa foi meio empate: às vezes ganhava, às vezes perdia. O Pujol também estava na mesma. Olhamos no relógio e combinamos que, de qualquer jeito, às três e meia iríamos embora.

Naqueles trinta minutos, foram quatro plenos. Eu saí com 650 dólares na guaiaca e o meu parceiro com uns 200. Era dinheiro para cacete.

Com a grana no bolso no outro dia fornos às compras, estourando em muito a cota permitida. Era perfume, uísque, doce de leite, presente para as crianças e por aí afora. Onze horas da manhã, fizemos o inventário. Hora de pegar a estrada. Na saída de Livramento a fiscalização parou o nosso carro. O Pujol desceu, passou a mão na careca e com a maior cara de pau disse para o fiscal: "Quem fala a verdade não merece castigo (frase de que não me esqueço até hoje), fomos ao cassino, ganhamos um troco e compramos uns brindezinhos e uns uisquezinhos a mais". O cara da fiscalização olhou o banco de trás do carro, com aquele monte de garrafa de trago, e disse para o Pujol: "O senhor bebe, hein!?". Mas como não liberar com a conversa fiada e a simpatia transbordante do Pujol? Foram dois dias de sorte.

Aí o Luiz Ribeiro, que quieto tinha ouvido a história, se atravessou com uma técnica infalível para ganhar na roleta. Mais ou menos assim:

– Ora, a metade do pano é preta e a outra é vermelha. Tu jogas firme em um dos lados e fica com cinquenta por cento de chance. Se na tua metade, tu escolheres um quarto de número (colocar a ficha na quina de quatro números), a tua chance aumenta vinte e cinco por cento. Se, mais ainda, tu resolveres colocar a ficha na quina de seis números, a tua chance vai a oitenta por cento. Basta tu jogares assim reiteradas vezes.

Na ponta da mesa, o Renzo Franceschini perguntou curioso: "Quantas vezes tu já ganhaste?" A resposta veio rápida: "Nenhuma".

Bolinha de gude

Havia um tempo dentre os tempos preciosos naquele amado bairro de Ipanema, que então era balneário, onde nós parecíamos a turma do Peter Pan sem ele e a fada Sininho.

Naquele tempo, não me lembro bem em que ano, durante as quatro estações, algumas vezes o nosso momento era o carrinho de lomba descendo a Dea Coufal, que ainda não era asfaltada.

Outros dias, os dedos se lambuzavam de cola feita em casa, trabalhavam o papel celofane e se pisavam com o corte de pequenas taquaras, mas o céu se enchia de pandorgas.

Também noutros, a febre era o carrinho de molas, onde a pista preferida ficava na calçada da Coronel Marcos, ali entre o Triângulo e o Tarrasconi. O Hermes e o Lucas eram práticos, em cortes rápidos fabricavam carrinhos quadrados com rodas de madeira, que eram puxados por um cordão. O Valter, o mais habilidoso, pintava os seus e se preocupava com a estabilidade.

O Sapatão tinha uma vantagem: o seu carro não era essas coisas, mas as suas pernas eram grandes e ágeis. Eu fazia o que podia.

Mas bom mesmo foi o carro do Ricardo. Era um Simca Chambord desenhado em madeira, o primeiro com rodinhas de borracha e pintado em azul e branco, da cor dos carros da época. Não andava muito, mas chamava a atenção pelo desenho, pela aerodinâmica e pela beleza.

Havia ainda os dias do pião, do jogo de taco, das gincanas de bicicleta, das casas de Tarzan, mas o forte mesmo foi o tempo da bolinha de gude.

Bolinha de gude não era para qualquer um. O armazém do Seu Henrique vendia umas pintadas, umas ágatas, e umas olho de gato. O do Seu Jorge também vendia, mas não eram tão boas. Quem era do ramo, tinha sempre como preciosidade a joga. Desta ele jamais se desfazia. Era aquela com a qual ele jogava o jogo. Havia dois estilos de jogadores: o que jogava o eu de galinha e o que jogava na mão. O primeiro era amador, fechava os quatros dedos da mão, colocava a bolinha no dedo indicador e empurrava com o polegar. O que jogava na mão era o perigoso, os três dedos da mão fechados, o indicador entortava fazendo efeito de mola e de alça de mira e o polegar batia na bolinha fazendo com que tivesse força, direção e velocidade. Se jogava as brincas e as ganhas, o nome dizia tudo.

Eu me lembro que era manhã de inverno. A noite tinha sido fria. A geada mostrava isso. Eu estudava de tarde e tinha um tempinho pela manhã.

Abri a janela, olhei para o lado e cumprimentei o meu Guaíba. Olhei para o outro, abanei para o sol. Pulei da cama, calcei os *guides* (naquele tempo eram os guides), coloquei um agasalho e vesti as calças *montana*.

    A calça montana, bom, é impossível contar a história sem falar na calça montana. Ela não era uma indumentária; ela já fazia parte do meu corpo. Daquelas coisas com as quais um guri se apega e não consegue se desfazer. Era de brim, não esses de hoje, mas um brim duro, tão usada que a cor ficava entre o verde-musgo e o marrom. Embaixo, em vez de bainha, estava dobrada duas vezes. Nos joelhos tinha uma costura e proteção em couro. Tinha vários bolsos. Além dos dois da frente e de trás, tinha um do lado, no meio da perna, com botão. Ali eu guardava a joga, a mármore e a aça, as minhas três inseparáveis. No bolso de trás, o esquerdo (sou canhoto), eu levava sempre meia dúzia de bolinhas, que serviam para casar na raia.

    Saí da casa, o sol bateu na minha cara, estava começando a esquentar. O Dick foi comigo. Não latiu. Alguma coisa nos dizia que aquela manhã ia ser especial.

    Tinha três em quatro pontos bons de jogo. Depois do Bologna, na rua dos Cornos, mas era muito longe. Na esquina de casa, onde não tinha graça porque o jogo era cu de galinha e as brincas. Sobrava na calçada do Zé Barbeiro e no coleginho. Passei no Zé Barbeiro e já tinha três jogando, mas estava fraco e a parada era pequena. Mais duas quadras. Resolvi ir no coleginho.

    Ali a raia era boa. A calçada era de areia, com pouca pedra e a bolinha corria com segurança. Tinha meia-dúzia de caras jogando e mais uns dez assistindo, tudo matando aula. Fui-me chegando. Sempre é bom conhecer o jogo e quem está jogando. Na raia, tinha um cara batendo firme, o mesmo filho da puta que tinha me pelado na semana passada. Estava atolado de bolinha. Na última mão, tinha tomado da raia uma olho de gato preta com risco branco, linda. Quando ele pegou a bolinha, parecia que ela estava olhando para mim.

Não me aguentei, e me apresentei no jogo. Estava com as minhas três jogas e meia dúzia de bolinhas para casar na raia. Casei uma, joguei a joga e fiquei em segundo. Nica, recolhe. Bateu, paga. Caiu na raia, paga. Não tem as devas, só joga quem tem. Ou casa na raia, ou traz do armazém, ou vai buscar em casa, mas não fica devendo. E o jogo foi. Estava morno. Ora ganhava ora perdia, mas o bolso de trás foi engordando e eu já estava colocando bolinha de reserva no direito. Os caras foram perdendo e foram saindo da raia.

Ganhando, eu estava faceiro que nem ganso novo em açude. O jogo tinha começado com seis e já estava com três. Eu já tinha umas trinta bolinhas no bolso. O tempo corria solto e o Dick dormia. Sobrou eu e o cara que tinha me pelado. A coisa estava parelha. Ele, confiante, propôs que o jogo fosse a três. Cada um casava três bolinhas na raia, e assim foi, perdendo e ganhando, mas dali a pouco eu fui ganhando, ganhando e ganhando, e ele se pelando.

O jogo de bolinha de gude é que nem amendoim, não dá para parar. Pelei o cara. Na última mão, ele não se aguentou e fez uma proposta que eu jamais faria. Botou a olho de gato preta na raia contra cinco bolinhas minhas. Topei. O dia era meu. Na primeira, a três metros da raia, niquei, levei a bolinha e levei as da raia. Só sobrou a joga dele, e a joga não se joga.

Naquelas alturas, o tempo tinha passado. Mas o que é o tempo para um dia como aquele? Eu não sabia. O meu pai, sim.

Oitenta e três bolinhas, contando a olho de gato. Quando juntei a última no bolso e levantei para voltar pra casa, enxerguei o pai na esquina.

Eram duas horas da tarde e desde as oito da manhã ele estava me procurando. Tinha perdido a aula. Não existia televisão; o castigo foi uma semana sem sair de casa.

Não havia coisa pior. Aquele monte de bolinha de gude e não ter com quem jogar. Só eu e o Dick.

Um pouco de Mark Twain

Como uma receita, é necessário e imprescindível que se tenha um rio. Eu tinha, aliás, eu ainda tenho em algum canto do coração um pedaço do Guaíba. É necessário também que se more próximo a esse rio. Eu morava na frente dele. É necessário um parceiro, até porque há certas coisas que as crianças fazem que para se completarem precisam de um parceiro e de uma pitada de falta de juízo. Nós tínhamos.

O cenário? Mais ou menos trinta anos atrás. O inverno tinha nos deixado, o sol se fazia presente e o frio se despedia.

A receita? Uma tábua de um palmo de largura e uns doze de comprimento, até porque criança não tem trena. Dois cabos de vassoura, duas câmaras de ar usadas (naquele tempo eu preferia as de Simca, que eram maiores) e duas vassouras também usadas (as melhores eram as de palha, porque davam bons remos).

Tu colocas as três câmaras no chão e sobre elas a tábua. Aí então tu dobras as câmaras e entre elas e a tábua tu atravessas o cabo de vassoura.

Assim, as câmaras ficam presas à tábua, transformando-se num pequeno bote.

Construída a embarcação, tu e o companheiro a levam para a água. É importante averiguar antes se a empregada ainda não voltou do armazém, se a tua mãe não está em casa, se o teu pai está trabalhando e nem passa pela cabeça deles este pequeno deslize.

Barco na água, meu companheiro na frente, eu atrás e o marujo no meio, que a essas alturas resolveu não nos deixar sozinhos. A língua para fora e o rabo abanando indicavam que ele tinha aprovado a ideia. Lá fomos nós, os três irresponsáveis.

O Guaíba não era o Mississipi, eu não era o Tom Sawyer e ainda não havia lido Mark Twain, mas o sabor da aventura, o frescor da água e o sol que batia no nosso rosto faziam com que os sonhos brotassem, transformando o tempo em realidade.

Remamos, passamos a Taba, o bar do Xerife, a esquina da Dea Coufal, os juncos e ancoramos no morro do Sabiá.

Cansados e com o vento contra nós, a volta foi mais difícil. Nesse espaço de tempo, fomos ao mesmo tempo desbravadores, *vikings*, marinheiros, descobridores, navegadores, enfim, aventureiros.

Havia um rio no nosso coração. Ainda há.

Hoje, a Maria Clara se acorda de manhã, liga o computador, escolhe o programa, inventa o rio, aperfeiçoa o cenário, constrói uma lancha turbinada, põe a sua pitada de receita e sonho e sai a navegar pelo seu mundo de *microchips*.

A diferença entre nós dois não são os sonhos. O meu problema era ter pego um resfriado, o dela é que o computador pegue um vírus.

Bichos

Nasci com afeição por bichos. Foram muitos e, dentre os muitos, todos eles de alguma forma me marcaram de maneira tão forte que fazem parte de um tempo que vale a pena lembrar.

Primeiro foi o Aristides, um gato malhado que, em realidade, era mais do General (a história do General está mais adiante) do que meu. Tal qual um carroceiro que morava perto de casa, tinha um só olho. Para que dois? Um só servia para o gasto. Ambos os Aristides, o carroceiro e o gato, tinham em comum a preguiça. O Aristides, o gato, quando não estava dormindo, ficava na beira do arroio, nos fundos da casa do General, comendo os lambaris que eram pescados. Isso era o máximo do esforço.

Depois do Aristides, veio um cachorro guaipeca. De nome Marujo, ficou algum tempo comigo. Era o próprio nome. Nasceu na frente do rio e talvez por isso tanto ele como eu criamos a paixão pela água.

Então veio o Dick, que eu dividia com a Rosalina (nossa caseira). O Dick era um dos raros casos que contrariava o ditado de que um cachorro não tem dois donos. O Dick tanto era obediente à Rosalina quanto a mim. Quando ela deixou a nossa casa, ele foi junto.

Nessa época apareceu o gato Osvaldo. Era uma homenagem a um antigo caseiro, que quando tomava umas borracheiras, desaparecia três ou quatro dias, deixando a mulher em alas. Da mesma forma como desaparecia, repentinamente surgia do nada como se nada tivesse acontecido. O Osvaldo era assim. Namorador inveterado, era só pintar uma gata nova em Ipanema que o Osvaldo já sumia atrás de miados novos e de rabos novos. Curiosamente, o Osvaldo não morreu. Num determinado dia, simplesmente partiu e não voltou.

Teve também o Conhaque. Era o próprio nome. Quando pequeno, o tio Américo deu para ele uma dose e ele não negou fogo. Não que o Conhaque fosse da bebida, mas não rejeitava um aperitivo.

Houve a época dos coelhos. Eu ganhei a Sabrina e, em questão de meses, a prole se multiplicou e quase virei criador. Ficou no quase.

Tirando ratos, lesmas, lagartixas e aqueles bichos pequenos que todo guri levado tem, eu adotei a Tilica. A Tilica era um gambá, ou uma gamboa (até hoje não sei direito), que eu achei pequena no forro da garagem. A verdade do nome se confirmou: não negava estribo a um pires com um pouco de cachaça.

Houve também o Mandarim, um cavalo alazão que vinha comer torrões de açúcar nos bolsos da minha velha calça montana.

De todos, um especial. Eu o encontrei na rua com talvez um mês ou dois de vida, doente, todo sem pelo e com a sarna tomando conta. Alguma coisa entre o olhar do guri que eu era e o dele (considerando-se o precedente aberto pelo ex-ministro Antônio Magri), o de um ser humano pedindo socorro, nos aproximou. Foi remédio, foi pomada, foi alimento e o Capincho, este era o seu nome, foi-se revigorando.

Tinha pego esse nome porque lembrava o macho da capivara. De todos, tinha a qualidade da independência e da autenticidade. Não era desses que dava a patinha, deitava no chão, rolava ou se fazia de morto. O Capincho era o Capincho. Ele me acompanhava em todas, do guri que saía de casa ao adolescente que tomou a primeira bebedeira, ao jovem que voltou da primeira festa quando era dia. O Capincho sabia quando tinha que ir e quando tinha que me esperar na porta de casa. Curiosamente, bastava chamar e ele vinha. Mas, em compensação, se ele não estivesse muito a fim de acompanhar, ficava.

Houve um tempo em que quem teve que ir fui eu. Tempo de fazer as malas, juntar os trapos e constituir família. O Capincho não foi. Fiel, não teve outro dono, e quando eu ia a Ipanema nos finais de semana, lá estava ele na porta de casa me esperando, como se nada tivesse mudado.

Alguma coisa nele me fez entender melhor o mundo. Capincho morreu de velho.

Agora, lá em casa, apareceu o Hatra, um gato siamês, de olhos azuis. Escolheu o Guilherme por dono, embora por todos tenha afeição. A minha relação com o Hatra é a de terceiro reserva em caso de morte. Ele vem para o meu colo quando não tem nenhum colo, me pede comida quando não tem ninguém para dar e me usa como motorista para levá-lo na veterinária.

É o próprio interesseiro.

A caturrita

Como todo caçador e pescador, o Seu Neto, pai da Aninha e da Carmesita, gostava de contar histórias, às vezes, para não dizer sempre, recheadas com certa dose de exagero.

Mentiroso jamais. O caçador e o pescador possuem um código de honra, em que a palavra *mentira* não entra. O resto fica por conta da história, da companhia, do calor da conversa, do momento e de uns traguitos a mais.

No normal, o Seu Neto já era lá de aumentar as coisas. Na companhia de uns e outros, na roda de fogo, o churrasco tirado em lasca, a caipirinha correndo e a cerveja gelada, ele se soltava, e aí não tinha quem batesse as suas histórias.

Tinha. Pode ter certeza que tinha.

O Zé Cidade era vizinho do Seu Neto e andava de olho na Aninha. Olho que acabou olho no olho, que se transformou em namoro, que virou em casamento e que se traduziu em filhos.

Mas enquanto o Zé andava de olho na Aninha, nós íamos para a casa dele no final de tarde tomar chimarrão, espichar a conversa e fazer companhia.

Vai daí que o Zé namorou a Aninha, o André Cadela não sei quem, o Éio (Dr. Sérgio Martins Costa) também não me lembro, o Schu, o Pedro e eu não namorávamos ninguém a sério, o Kiko andava com a Lúcia, bom, mas isso não é o mais importante.

O fato é que um dia o namoro do Zé esquentou, o Seu Neto botou a cabeça para fora do muro e nos convidou para comer um churrasco.

Acho que foi num domingo. Lá fomos nós todos para a casa do velho Neto, para dar respaldo ao Zé e porque a boia era de graça. Foi aí que a coisa começou.

Chimarrão daqui, uma caipirinha dali, uma cerveja de lá, e o Seu Neto soltou a voz e o verbo.

Primeiro foi uma pescaria, que só podia ser de peixe grande. Na hora da fisgada, o bicho arrebentou a linha e se não fosse o Seu Neto agarrar o animal pela goela, tinha-se perdido.

E o Éio só escutando.

Depois, foi uma caçada. A história era comprida e alegre. O atirador só podia ser o Seu Neto. Mas bom mesmo era o cachorro, que trazia os animais abatidos e, na hora de colocar no chão, separava as perdizes dos marrecões. Cachorro inteligente estava ali.

E o Éio nem se mexia.

No calor da emoção, o Seu Neto não parou de elogiar o cachorro. Mais do que companheiro, era grande guardião. Inteligência sobrava, aliás, aquilo só era cachorro porque latia e tinha quatro patas. Se fosse gente, teria a postura de um lorde inglês, a educação de um *gentleman*, a força de um lutador e a rapidez de um velocista.

Mais ainda, o bicho cuidava da casa como ninguém. Era daqueles que buscava o jornal no armazém e não babava o papel. Segundo o Seu Neto, só não lia, porque aí era demais; ele não estava aí para mentir nem para exagerar.

Nessas alturas, o Éio não se aguentou:

– Olha, Seu Neto, companheira mesmo é a caturrita do meu tio (não era dele, porque o Éio não era de contar vantagem). Aquele bichinho é mais do que de estimação. É tratado como gente da casa, inclusive come na mesa. Mas isso ainda não é nada; diferencia os da família dos da vizinhança. Quando estranhos passam na frente da casa, acua para avisar. E se alguém entra sem licença, ela bota a correr bicando que nem ganso.

O Seu Neto, meio desconfiado, meio acreditando meio desacreditando, mas no embalo da conversa acabou afirmando:

– Bom, tem muito animalzinho caseiro que se presta para essas coisas.

E aí o Éio atacou com a maior seriedade:

– E tem mais: quando meu tio aponta na esquina, a caturrita corre para buscar o chinelo dele. O animalzinho é tão dedicado que não deixa o velho entrar cansado em casa sem conforto nos pés. O que está preocupando o meu tio é a coluna da caturrita, porque é muito peso para ela carregar.

Nessas alturas, o Pedro, que já estava meio mamado, gritou para o Éio:

– Agora conta para ele do arbusto que tem no fundo de casa que dá guaraná em lata.

O General

Aos olhos de um menino de oito ou nove anos, General era o cara que chefiava um monte de soldados. Com aquela idade, não importava muito o fato de ele ser General da reserva, no período forte da Revolução.

Em 1964, era a idade que eu tinha. O meu mundo era o mundo de um menino e o golpe militar não tinha me atingido. Eu continuava jogando bolinha de gude, soltando pandorgas, brincando e matando aula para pescar de caniço embaixo da ponte.

O verde que eu olhava não era o da farda militar, mas o da copa das árvores que me davam sombra.

General Francisco Becker Reiffschneider, este era o seu nome.

Nós nos conhecemos assim, de um lado a irreverência e a espontaneidade do guri, de outro a sabedoria e a complacência do velho, que, ao olhar para trás, talvez buscasse no menino o tempo que não voltava mais.

Eu morava na esquina da Avenida Jardim e ele a uma quadra, na Rua das Laranjeiras, proximidade de pura poesia. As duas ruas desaguavam na Avenida Guaíba, tendo como companheiros o rio e o pôr do sol. Tudo isso em Ipanema, que, como ele mesmo dizia, era um país livre amigo do Brasil.

O General era tido no seu meio como um profissional da ordem e da caserna, um militar que foi para a reserva porque não concordava em ficar inutilmente na cadeia de comando, transformado num burocrata do serviço público. A Revolução de 64 era uma atitude extremada e necessária, mas a condução política da pátria deveria ser do poder civil.

O General que eu conheci tomava café com pão torrado, fazendo um estranho barulho com a boca. O General que eu conheci era casado com a Dona Elisa, que talvez tivesse muitos méritos e predicados. De todos, o que o menino mais se lembra era dos deliciosos pães de ló, fofos e quentinhos, que eram postos na janela, sempre com uma fatia a menos, que me era servida previamente.

O QG do General era uma sala coberta de livros, que eram lidos sofregamente. A sala tinha uma janela grande, que dava para um pátio cheio de mistérios e aventuras. Próximo à janela havia uma árvore frondosa, onde ficava uma arara, que só falava com ele. Mais adiante, ficava o tijupá, que era um galpãozinho que ele havia construído para os guardados necessários. A Dona Elisa chamava o mundo das coisas inexpressivas. Próximo ao tijupá, bananeiras, laranjeiras, bergamoteiras e o arroio que dava no rio.

Ali, nós nos sentávamos em dois banquinhos, ele com os pés no chão e eu com os pés no ar, e pescávamos lambaris de caniço, na companhia inseparável do gato Aristides (eu já falei do Aristides, o gato que tinha um olho só), que ali só estava por interesse. Como todo gato, o Aristides era independente, mas tinha uma relação de afeto e de respeito pelo General, fora, é lógico, o apetite por aqueles peixinhos, que sempre eram bem-vindos.

Quem conheceu a Ipanema que eu conheci, quem vivenciou aquele momento histórico, conheceu a figura do General. Eu conheci o General sem comando, eu conheci o General que tinha por arma um caniço e a tropa era formada por um menino, um gato e uma arara. A nossa luta era por um dia de sol.

Deixou como herança familiar a fibra inerente aos homens que conviveram com a farda. Seus filhos, Telmo e Rodolfo, foram, respectivamente, ao ápice da carreira na Marinha e na Aeronáutica. Tal como o pai, dois grandes homens.

A rede

Com as portas das casas de frente para o rio, o nosso vínculo com a água e com os barcos era uma coisa natural. Quase todos nós ou velejávamos ou tínhamos lancha.

O Guaíba já tinha sido esquadrinhado de ponta a ponta, da ponte ao arroio Petim, às curvas da Serraria, da Ponta Grossa, ao Farol e à entrada da lagoa. Mas, mesmo assim, todo dia se encontrava um local novo, um abrigo diferente, uma pousada, um recanto, enfim.

Com aquela história de atravessar o rio em dois ou três barcos, nós começamos a pescar, primeiro de caniço, de espera, de linha, de espinhei; faltava a rede, que, naquele tempo, para o nosso bolso era inacessível.

O pai do Renato Weirich entrou com uma garrafa de *scotch*, que se transformou numa rifa, que permitiu que nós juntássemos dinheiro e comprássemos a tão sonhada rede.

Era uma feiticeira com trinta metros de comprimento e com três malhas.

Com o litro de uísque que nós não entregamos, fizemos uma festa no dia da compra. O Pedro, o Renato, o Éio e eu fundamos naquele dia o Tainha. O Tainha era um clube fechado onde só cabiam nós quatro e eventuais convidados, que não servia para porra nenhuma a não ser para unir mais quatro amigos de infância, fazer história, para quem sabe um dia poder contá-la.

A rede virou símbolo.

Das pescarias de barco o grupo se uniu e saímos por banhados, rios, arroios, até chegar no senhor respeitável de nome mar.

Embora estivesse tudo preparado, aquele Feriadão de Páscoa não tinha sido dos melhores. Foram três dias de chuva e frio, em que nós passamos mais tempo na barraca do que pescando na beira do rio Tramandaí. O que havia sobrado do consumo de trago, havia faltado na proporção inversa no volume de peixe. Aquela Páscoa não tinha sido a nossa, nem com a ajuda da rede.

No sábado de noite, um dia antes do retorno, chovendo canivete, o Renato comentou dentro da barraca que, em três anos de pescaria, já estava na hora de trocar o cabo da rede.

O domingo nos cumprimentou com sol. Nada mais havia a fazer. Desmontar barraca, juntar as tralhas, recolher o material de pesca e voltar para Porto Alegre.

Foi aí que o Éio sugeriu que nós déssemos uma passada no mar, que podia ser que desse tainha. Coisas no carro, vinte quilômetros, Mariluz.

Inesperadamente, como que por traição, o sol se foi, nuvens se fizeram, o vento se fez presente e o tempo deixou de sorrir.

Acontece que nenhum de nós tinha cabeça. Éramos um fusca bege carregado, nós quatro, o Capincho (havia me esquecido do Capincho), a rede e o tempo contra.

Vai daí que botamos a rede no mar, esticamos cento e cinquenta metros de cabo e deixamos que ela entrasse.

Nesse ínterim o tempo enfeiou, o mar ficou forte, encrespou e começou a puxar. A rede retesou. Era hora de recolher.

Na quarta ou quinta tentativa, depois de muito esforço, o cabo arrebentou. Íamos perder a rede.

Dos quatro, o Pedro e eu nadávamos melhor. Dos quatro, certamente nós dois tínhamos menos cabeça. Largamos a nado atrás dela na intenção de alcançá-la antes da arrebentação, e conseguir salvar aquele instrumento de pesca que nos era tão caro.

Com o repuxo do mar, em dois minutos chegamos lá. Naquele exato momento, olhamos para trás e nos demos conta de que tínhamos passado a arrebentação, devendo estar a uns quinhentos metros da praia.

O Pedro, melhor nadador, me gritou que largasse a rede porque uma onda mais forte poderia fazer com que nós nos enredássemos nela. Era a hora de bracear de volta porque a situação estava feia.

Vinte minutos de cansaço, perda de tempo, e estávamos no mesmo lugar. O repuxo e o mar forte, em vez de nos levarem para a beira, estavam nos carregando para a imensidão do mar.

Nessas alturas, me dei conta de que, com todo aquele entrevero, eu ainda estava com um velho chapéu de pesca na cabeça. Entre uma onda e outra, com muito esforço, conseguimos ver, em cima do bagageiro do fusca, dois pontinhos. Eram o Renato e o Éio, desesperados, tentando nos enxergar.

Vencido o impacto e o desespero inicial, nos deitamos de bruços, começamos a boiar, compassar a respiração, guardando energias.

Tempo foi. Talvez duas ou três horas, e o mar foi nos levando. Eu tinha ouvido em algum lugar, ou lido, que inevitavelmente nós acabaríamos batendo na terra. E assim foi.

Acho que umas três horas depois, começamos a nos aproximar da arrebentação. Éramos pura exaustão. As ondas começaram a nos ajudar.

Com um jacaré aqui, outro ali, o mar foi nos levando aos poucos em direção à terra, até que uma última onda nos levou a chão firme. Mais meia dúzia de braçadas, batemos em terra. Quando tentei me levantar, a tensão tinha sido tanta que caí de joelhos. Ao meu lado, o Pedro era só cãibra.

Fomos recebidos pelo Renato e pelo Éio com a alegria do companheirismo. Tínhamos saído sete ou oito quilômetros do ponto inicial, na praia lindeira a Mariluz.

Nesse ínterim, embora fosse inverno e o movimento de vinte e poucos anos atrás fosse quase zero, alguns pescadores e curiosos nos aguardavam.

Salvos, lamentamos a perda do nosso símbolo. Mas, com esperança, deixamos telefone com os pescadores, pois, talvez, a nossa companheira de pesca aparecesse.

Uma semana depois, eles nos mandaram um recado. Tal como nós, ela tinha dado na praia. Fomos buscá-la, costuramos e remendamos os seus buracos, e a nossa rede ainda nos serviu por muitos anos. E essa história foi contada muitas vezes.

O Capincho é falecido (eu já contei a história do Capincho), o Renato é próspero comerciante em Curitiba, o Pedro é meu compadre e vive numa chácara em São Lourenço do Sul, o Éio é médico de projeção em Porto Alegre e eu estou aqui contando o que aconteceu.

Há dois anos, eu emprestei a rede para uns amigos pescadores com apenas uma condição, que o símbolo fosse mantido. Ela continua por aí, em banhados, açudes e rios, como parte ativa das histórias dos pescadores.

Flor do Mar

Em 1976, quem saía do centro de Florianópolis em direção ao norte tinha asfalto até mais ou menos a entrada de Jurerê. Dali em diante, Canasvieiras, Ponta das Canas, Cachoeira do Bom Jesus, Lagoinha e Praia Brava era tudo estrada de chão batido. Era tudo e muito mais, mas se eu descrevo as quarenta e duas praias, não chego a Flor do Mar.

Acostumado a dormir em qualquer lugar, aquela noite abafada já tinha feito eu despertar da rede urnas três ou quatro vezes. Eu estava meio acampado num rancho, onde os pescadores da praia de Lagoinha deixavam os barcos na beira da praia.

Aquela história de ficar com eles já tinha me ensinado muita coisa. Eu reconhecia a manjuba, determinados peixes e sabia distinguir a mancha do cardume de tainha quando ele entrava na baía. Como não podia deixar de ser, a janta tinha sido café, pão e peixe frito.

Eu não me lembro bem da hora, mas deviam ser três ou quatro da manhã de uma madrugada escura, morna, sem vento, de mar silencioso, silencioso demais para o meu gosto, quando o Enildo veio me avisar que o Nenê e a Natália tinham emprestado a canoa para eles recolherem a rede no pontão. Fui junto, menos pelo quinhão, mais pela curiosidade.

O Zezo, mais experiente, foi no timão. No remo, o Damásio, o Anísio, eu e o Enildo. Naquela casquinha de madeira, de nome Flor do Mar, íamos nós, cento e cinquenta metros de rede e muita esperança de matar peixe; era assim que eles chamavam.

Na popa, embaixo do banco, um pacote de rosca e um litro de canha, que servia tanto para esquentar quanto para esfriar. Remamos em silêncio.

A praia da Lagoinha era uma baía pequena, com dois pontões. De um lado, o Hotel Antares, que, naquela época, pelo movimento, eles chamavam de hotel dos argentinos. E do outro, o lado dos pescadores. Ali, depois que tu entravas na baía, o mar era bem calmo. Para fora, a coisa ficava ruim. Ao lado ficava a Praia Brava (o próprio nome dizia) e à frente a Ilha do Arvoredo.

Fomos por ali. A remo até o pontão foi uma barbada. Depois, o mar mexeu um pouco, mas conseguimos colocar a rede toda. Aí era só esperar. Restava jogar conversa fora, ouvir as brincadeiras do Damásio com o Anísio e a gozação em cima do Zezo, que estava estreando uma dentadura nova.

Como sem aviso, de repente, ao mesmo tempo que um facho de luz aparecia avisando que a noite estava indo embora, o mar até então silencioso começou a se espreguiçar. No terceiro ou quarto solavanco, eu que não era muito acostumado perguntei se o tempo não estava mudando. Mas eles estavam tão entretidos com a conversa que nem me deram bola.

Então, uma onda bateu forte no casco e jogou água para dentro. Era um aviso. O Zezo levantou do banco, olhou em direção à terra, tirou o chapéu, coçou a cabeça. Era hora de recolher a rede, botar os remos na água e voltar.

E assim nós fomos. O tempo foi enfeiando e cada vez mais ficava difícil recolher a rede com aquela canoa jogando para tudo quanto era lado. Enquanto nós nos segurávamos no remo, o Zezo se equilibrava na popa e o Enildo ia puxando a rede do jeito que dava.

Eu não sei o tempo que transcorreu, mas parecia uma eternidade. No fim do cabo, o esforço foi redobrado porque ainda tínhamos que suspender a laje, que estava no fundo do mar. Como era pesada, eu tive de soltar o remo para ajudar o Enildo. Nós estávamos os dois na proa, puxando, quando arrebentou o temporal. Foi sem aviso prévio, quando veio, veio com chuva, com vento, com trovoada e o facho de luz que tinha aparecido, sumiu.

O Enildo passou a faca no cabo, deixou a laje cair e puxou o resto da rede. De imediato, o Zezo com uma taquara passou a equilibrar a popa. Nós agarramos os remos, botamos a proa em direção à praia e fincamos o braço.

Não era momento de falar, mas de agir; o tempo estava contra nós.

Nós estávamos a mais ou menos um quilômetro da terra. Com o vento e as ondas nos empurrando, a canoa parecia uma tábua de surfe deslizando na marola.

Com o mar batendo nas costas, a canoa foi enchendo. Nessas alturas, eu gritei se não era melhor jogar a rede no mar para aliviar o peso. Fui voto vencido. A rede era do Evaldo, dono de um quinhão na pesca, e tinha custado caro.

Entre as frases cortadas e o tempo, fomos nos aproximando. A uns duzentos metros do pontão, o mar aliviou. Aquilo não era alívio; ele estava só tomando ar.

Foram breves segundos. Uma onda atrás de nós foi levantando, levantando e veio, e como veio, encobriu a canoa. Foi uma batida só, curta e seca. A Flor do Mar emborcou, a gritaria foi geral. No meio daquele temporal, éramos nós, a rede numa maçaroca só e um casco de madeira rachado.

Quando gritei para que se agarrassem na canoa, não encontrei o Enildo. No quarto ou quinto mergulho, consegui trazê-lo pelos cabelos; o desgraçado não sabia nadar.

Se o Enildo não sabia nadar, o Damásio e o Anísio não conseguiam boiar nem na areia e o Zezo, se sabia, naquele momento estava mais preocupado em procurar a dentadura perdida.

Era uma questão de lógica: se nós tivéssemos paciência íamos nos aproximar do pontão. Botei o Enildo nas costas, deixei os outros três agarrados na canoa e vagarosamente fui braceando.

No pontão da entrada da baía tinha uma pedra muito grande, perigosa e cheia de cracas. Tinha que esperar a onda certa. Quando ela levantou, empurrei o Enildo e ele foi para terra firme. Dali ele correu em direção à praia para avisar o pessoal que a coisa estava feia.

Voltei a nado e fui buscar o Damásio. Não foi diferente com o Anísio. Faltava um. A natureza não tinha cansado, eu estava exausto.

Nessas alturas, a canoa já estava perto do pontão. Cheguei a tempo de puxar o Zezo. Segundos depois, o casco de madeira arrebentou no recife. Tomamos o mesmo rumo. Ele era mais velho e mais pesado; só na terceira ou quarta onda consegui colocá-lo na pedra. Era a minha vez. Esperei a onda certa mas dei um impulso errado. Tinha faltado força e me arrebentei nas cracas. Na hora não senti muito, só quando saí para fora é que fui notar os diversos cortes nos braços e nas pernas. Estávamos salvos. O mar tinha perdido.

Fomos pela trilha do morro até a beira da praia, onde a confusão já estava armada. A Natália e o Nenê lamentavam a canoa; o Evaldo, a rede perdida; o Zezo, a dentadura nova. O Damásio estava sentado na areia com a língua dura; ele tinha salvo a garrafa de cachaça. Só a garrafa, porque o líquido tinha bebido todo.

Naquela tarde de fevereiro de 1976, bateram na praia os pedaços de madeira que tinham sobrado da canoa.

Passados vinte e poucos anos, sempre que posso vou a Lagoinha. O Enildo, que tinha doze anos, trabalha na construção civil. O Anísio é zelador do hotel. O Damásio largou a cachaça e é pastor. O Zezo está pescando nos Ingleses, certamente de chapa nova em substituição à perdida.

Há quatro ou cinco anos, a casa de Ipanema foi vendida. Foi um pouco de mim. Ficou na garagem um pedaço de madeira onde estava escrito *Flor do Mar*.

Aposta

Quem me deu a escalação foi o Pedro. O time deles tinha o Bagual no gol, o Paulo e o Aírton na zaga, e do meio para a frente o Paulete, o Cocão, o Beto Lote e o Márcio. Era um cano.

O nosso mais ou menos esse: o goleiro era o André Cadela, atrás o Barba e o Renato, no meio eu e o Coí e na frente o Pedro e o Faceirinho.

Tudo começou quando o Márcio, muito conversador, ficou cantando marra, dizendo que montava um time de boleiros que matava com folga o nosso da beira da praia. A disputa nasceu na casa do Renato entre um chimarrão e outro, tendo o Seu Romeu por testemunha. O Seu Romeu, pai do Renato, tanto quanto o meu pai, quando estava em casa, passava o tempo todo agarrado na cuia do mate.

A conversa, que começou amena, já tinha se transformado numa discussão acalorada, quando o Márcio disse que, se perdesse um jogo para nós, correria da casa dele até a casa do Renato pelado. Eram quase três quadras.

O jogo foi marcado.

O nosso time não tinha técnico, não tinha tática, não tinha lógica, mas tinha união, areia fofa como piso, o vento e o sol como torcida e o rio como árbitro. A gente jogava todos os dias pela simples alegria de jogar.

A cancha era ali perto da Taba, naquela parte de Ipanema onde a areia era mais larga. Para que o espetáculo fosse completo, alguém arrumou umas goleiras de taquara e um vizinho de mais idade entrou de bermuda preta fazendo as vezes de juiz.

O time deles tinha dois boleiros do Grêmio e um da Caixa, o Boca de treinador e o Coronel Mário de coordenador. Entraram em campo com tornozeleiras, camiseta e calção de futebol. O Bagual entrou de boné para se proteger do sol. Um detalhe: todos tinham perna branca.

O nosso não entrou em campo, já estava. Nós tínhamos passado a tarde na beira da praia navegando, jogando frescobol e tomando banho. O fardamento era só a sunga. Um detalhe: nós não tínhamos perna branca. A nossa cor era o bronze do sol.

A praia lotou. Apito emprestado, bola rolando.

O time deles era um terror. A bola era levantada, corria dum pé pro outro e eles faziam miséria. Do nosso lado a vantagem era o fôlego e saber correr naquela areia fofa. No gol, o André fazia milagres.

Nos primeiros dez minutos de jogo foi um sufoco. No abafo, nós dávamos balão para tudo quanto é lado e eles tocavam a bola por música.

Fechou o primeiro tempo, estava dois a zero para eles. O Márcio passou por nós dando risada e botando o dedo na cara do Renato, dizendo que ele pelado e correndo só ia aparecer o bigode.

Nessas alturas, era tanta gente que já tinha uns caras vendendo cervejinha e cachorro-quente.

Segundo tempo. Aí foi o seguinte, com aquele sol do cacete e com aquela areia fofa, eles foram perdendo o gás e já não vinham para o ataque. A primeira parte foi mano a mano. Daí em diante nós começamos a empurrar o time deles. Na nossa goleira, o André já estava encostado na trave com um fiapo de grama no canto da boca. Já não vinha bola. Na deles, era uma metralhadora. O Barba segurava na zaga, o Renato aproximou com o meio, eu e o Coí fazíamos a bola andar e o Faceirinho e o Pedro na frente detonavam.

Um, dois, três, quatro, cinco a dois. No cu deles.

No finalzinho do jogo, o Márcio sumiu. Ia ser muito gozado aquele magrão narigudo correndo na beira da praia pelado como os badalos batendo nas pernas. Até hoje ele não cumpriu a aposta.

Bares

Então a gente chegou naquela idade em que ainda não estava na hora de ir; faltava um pouco para descobrir, conhecer e aprontar.

Primeiro foram as reuniões dançantes, depois a noite e os bares.

Eu tinha dezessete anos e juntamente com o Renato, ele um pouco mais velho, deixamos o bigode. Não enganava ninguém, mas nos dava a segurança de uma idade que nós não tínhamos. Dali o próximo passo foi cantar o Toti, porteiro da Taba, que acabou fechando o olho e permitindo que nós entrássemos.

A Taba era um grande bar arredondado que ficava no centro de Ipanema, na areia da praia. Nos dias de muita chuva, a água chegava a cobrir o local onde ficavam as mesas. Com o tempo, ela foi sendo fechada, coberta e envidraçada, pois era impossível estar ali sem visualizar o sol se espreguiçando no fim da tarde e pintando o Guaíba com os seus raios coloridos. Tinha música e pista de dança.

O Toti fazia parte de Ipanema. Era caseiro na rua Leblon que desaguava na frente da Taba. Mas era daqueles caseiros que quando muito varria o pátio. Era um moreno claro, magro, não muito alto e dono de um sorriso que cativava. Só o sorriso, a maioria dos dentes há muito tinham deixado aquela boca. No final da tarde, lá ia ele para o seu posto. Ficava sentado num banco na frente da Taba coordenando o vaivém. Nem porteiro, nem flanelinha, nem *promonteur*. Digamos que o Toti era um assessor para assuntos aleatórios que um dia encostou na Taba e ficou.

A Taba era o grande bar noturno de Ipanema e teve o seu auge na década de 70. Hoje, com a nova proposta da prefeitura, a Taba foi literalmente apagada da praia de Ipanema e nós assistimos a tudo em silêncio. Primeiro porque os boêmios daquele tempo estão velhos e, segundo, nós não estaríamos acordados de dia para impedir a derrubada do prédio. Terceiro, a Taba que nós conhecemos não era essa que foi derrubada.

O fato é que a Taba era o local dançante onde nós entrávamos e as nossas namoradas não. Talvez essa frase tenha um quê de machismo, mas era o que era. Com o dinheiro curto, nós turbinávamos um trago no bar do Xerife e já entrávamos aquecidos na Taba.

Tinha também o Sayonara, que ficava do lado da SABI (Sociedade dos Amigos do Balneário de Ipanema). Era o que se chamava de uma boate. A frequência era de casais que tinham alguma grana (nós não tínhamos nenhuma). Na mesma linha do Sayonara o Turis Club, que ficava mais ou menos nos fundos da casa do Éio. Lá acontecia de tudo, e em muitas nós fomos parte da história.

Tinha também a boate do Clube do Professor Gaúcho, onde nós invariavelmente encontrávamos alunas, professoras jovens e menos jovens. Nós não éramos sócios, mas contávamos com a silenciosa solidariedade do João, hoje promovido a corretor da Terrasul (e eu não levei nada pelo *merchandising*), que naquele tempo era o porteiro do clube. Um pouco depois, na lomba do Espírito Santo, antes do Guarujá, havia o Clube dos Coroas, que quem conheceu se lembra do Alípio. Era um garçom que bebia tanto ou mais que o cliente que servia. Quando isso acontecia, invariavelmente ele perdia a bandeja, ou a gravata ou até mesmo o *blazer* branco, mas teimava em aparar na cabeça a peruca que torta mais parecia uma boina. Bem, se nos outros bares acontecia de tudo, naquele Clube dos Coroas acontecia o resto.

Um pouco depois, no início do Guarujá, tinha também um puterinho, aliás, tinha dois ou três. Às vezes, no fim da madrugada eu passava ali com o Schu e o Pedro para conversar com as *gurias*, tomar a última cerveja por conta delas, saber como é que foi a féria da noite e dar risadas. Nessas ocasiões, tinha um derradeiro recurso. A lancheria do posto Belomé. Até hoje eu não sei se ela nunca fechava ou se quando nós chegávamos ela tinha recém aberto.

Teve também o Bat-Bat, que ficava na esquina da Rua da Gávea (que ainda existe, capitaneado pelo Foguinho). Foram os primeiros tragos coloridos com cachaça. Quem bebeu se lembra.

No caminho, o bar do Carlão (hoje dono da Imobiliária da Matta), local de grandes borracheiras. Era pequeno e ficava um pouco antes da Taba. Muito mais que bodegueiro, o Carlão era nosso amigo. Lá foi combinada a construção do barco *Vagabond* (ver crônica "O furto"). Lá o Schu me convidou para ser padrinho do Eduardo e lá eu convidei o Rui e o Pedro para serem padrinhos do meu Eduardo e do meu Guilherme. E é de lá que ficou uma grande frase do Carlão: "Se tu queres conservar uma amizade, não te associes a um amigo". Até hoje eu não sei se ela foi dita num momento de lucidez ou de embriaguez total.

Sobrou a Casa de Chá, que de chá não tinha nada. Ficava ali no centro de Ipanema, em frente aos canteiros. Era o *point* dos fins de semana ensolarados.

Não dá também para esquecer o Sans Souci, que ficava mais para restaurante. Timoneado pela Dona Josefa e pelo Seu Fernando, eu lembro até hoje dos espetinhos com farofa, dos filés e das batatas fritas furtadas da cozinha.

Pena Verde. Era um misto de boteco e armazém que ficava na Rua da Gávea em frente à farmácia do Seu Gazola, que só tinha o trabalho de atravessar a rua para tomar o seu aperitivo. Ali, nos finais de manhã e nos finais de tarde, um seleto pessoal de Ipanema jogava dominó ou general enquanto truviscava. Foi no Pena Verde que eu e o Valtinho (o Valter da Livraria do Advogado) atropelamos o Lói, que conseguiu o nosso primeiro emprego, auxiliar de motorista da Laticínios Ivoti. A gente ganhava pouco mas se divertia.

Por fim, o Bologna. De certa forma, nós nascemos e crescemos juntos. Ficava, deixou de ficar e hoje ainda fica na esquina da Dea Coufal, na porta de entrada de Ipanema.

No tempo da bolinha de gude e da calça montana, era uma casa de madeira que na frente tinha uma cabeleireira. Nos fundos, em outra casa simples, o Seu Jorge chegou com a Dona Lilian, fazendo comidas italianas, no início por encomenda. Tinha junto uma pequena sorveteria gerenciada pelo irmão da Dona Lilian.

No tempo da bolinha de gude, nós comíamos de vianda do Sans Souci e em alguns finais de semana se encomendava alguma coisa do Bologna.

Nós fomos crescendo juntos.

Eu fui perdendo a vontade de jogar bolinha de gude, de pescar com o General, de brincar com as coisas dos guris e fui tomando tento.

Algumas quadras dali, o Seu Jorge e a Dona Lilian foram aumentando o seu negócio. A casa da cabeleireira foi comprada, reformada, o Bologna se transformou num agradável restaurante italiano, onde os filés, os talharins e as *pizzas* até hoje mexem com o meu estômago.

Nós caminhávamos ali dentro com tanta segurança e desenvoltura quanto os donos e os garçons Magrinho Vilmar, Peninha, Santos e Pouca Prática.

Muito mais do que um restaurante, o Bologna era o nosso ponto de encontro. Já estudávamos à noite, e depois da aula era para lá que nós íamos. Às vezes, em algumas noites de inverno, nos sentávamos para conversar com o Seu Jorge e ouvir as suas histórias. Outras, tantas outras, pendurávamos a conta, que ficava guardada dentro de um copo, embaixo do balcão do caixa. Muitas vezes nós pagávamos, em outras o Seu Jorge rasgava a nota.

Chegou um tempo em que o Bologna era extensão da minha casa. Nas noites, principalmente nos finais de semana, ele lotava. Ali, a gente se encontrava, encontrava as gurias, outras gurias e até sobrava tiro para a caça (como a gente dizia naquela época).

Eu, o Pedro, o Schu, o Zé, o Rui e tantos outros entrávamos pela porta da frente como se fôssemos da casa. A gente abanava para o Seu Jorge, o Santos, o Peninha, o Magrinho, enxergava o pessoal na mesa da esquerda e ia sentar-se. Foram os melhores chopes, as mais saborosas *pizzas*, o imperdível filé à *parmeggiana* e muita conversa fiada. Acho que nós acabamos de crescer lá.

Uma noite, num final do verão de 1978, quando o outono começou a dar sinal de vida, da mesma forma, do mesmo jeito, eu entrei no Bologna como quem entra em casa. Não era muito tarde.

Numa mesa, à direita, duas amigas despreocupadamente jantavam. O que que elas estavam fazendo ali, distantes de casa, no meu bairro, no meu Ipanema, no meu Bologna?

Maria. No começo só um nome.

Olhares, um papo descompromissado e telefone no bolso. A primeira janta foi no Bologna.

Estava na hora de ir, ganhar o mundo. Aquele tempo tinha acabado.

Nesses vinte e um anos, ela me deu companhia, carinho, me emprestou a sua inteligência e apoio e com seu brilhantismo não esteve nem atrás de mim nem ao meu lado, mas na frente.

Deu-me ainda Virgínia, Eduardo, Guilherme e Maria Clara. Filhos.*

---

* Nota do autor: Foi-se um quarto de século. Tomamos outros rumos, preservando o bem comum. Filhos passaram a caminhar sozinhos, pisando nas passadas que deixamos. Netos chegaram. A vida fluiu com novos afetos, novos amores e novos horizontes.

Casas

Eu vim via Beneficência Portuguesa. Fui recebido, revisado, vestido, agasalhado e tomei o rumo da Rua Quintino Bocaiúva, próximo à 24 de Outubro, fundos para o Hipódromo, hoje Parcão (hoje é a casa do Paco e o seu escritório de publicidade). Foram duas paradas rápidas.

Mas tudo começou na Avenida Guaíba n.º 884, que era uma casa de tijolo à vista, com uma enorme janela de vidro na frente, de onde se cumprimentava o Guaíba, se sentia o bafejo do vento Minuano, e no fim da tarde quando o sol se encontrava com o rio o brilho entrava sala adentro.

Naqueles tempos, que foram os primeiros, em frente à casa não havia asfalto nem calçadão, e o pão e o leite eram entregues por dois carroceiros. Se tu quisesses telefonar, tinhas que discar 112 e depois de alguma espera a telefonista que morava nos fundos do posto vinha te atender, aí tu pedias o número 15 e ela, conhecedora das pessoas, dos moradores e das próprias conversas, já te adiantava se nós estávamos em casa.

No tempo daquela casa eu vi pela primeira vez a Gilda Marinho, andei na carona da lambreta do Padre Antônio, desafiei o rio na embarcação dos meus sonhos, ouvi sem dar muita importância as conspirações políticas que aconteciam no meu vizinho do lado, professor Gay da Fonseca. E furtava grossas fatias do pão de ló quentinho feito pela D. Elisa, pescava com o General, sem contar o carrinho de lomba, a bicicleta, a pandorga, o jogo de bolinha de gude, enfim, coisas de guri.

Um pouco depois, porém num outro tempo, nós nos mudamos para a Avenida Flamengo, 96. O guri tinha sido engolido pelo adolescente. Aquela fase em que a voz às vezes é fina, às vezes é grossa. Em frente à casa ficava o restaurante Sans Souci, comandado pela D. Josefa e pelo Seu Fernando. Ali era a minha segunda cozinha. Eu entrava pelos fundos, dava um beijo na D. Josefa e saía com um prato cheio de batatas fritas. Eram as melhores, porque feitas com o doce calor do seu jeito de ser.

Naquela casa a Rosalina e o Seu Inácio eram os caseiros. Naquela casa nasceu o Dick, o único cachorro que tinha dois donos. Naquela casa o Seu Tolentino construiu a churrasqueira e me contou muitas histórias. Naquela casa eu li Karl May, Júlio Verne, Monteiro Lobato, Machado de Assis, José Mauro de Vasconcellos, os grandes romances universais, Ernest Hemingway, Mark Twain e tantos outros.

Naquela casa se encontrava a nossa turma, e com o tempo nós começamos a descobrir que as gurias tinham alguma coisa diferente, interessante, agradável, aquela faceta ininteligível e inexplicável própria do sexo oposto.

Dali nós fornos para a Avenida Guaíba, esquina com a própria Flamengo. Haviam nascido os pelos e o bigode. O adolescente tinha ido embora. O tempo era de praia, de navegar, de descobrir os bares, o cigarro e a bebida, a noite, as namoradas e as mulheres. Havia, de vez em quando, algum desequilíbrio, e nós tínhamos recaídas próprias de uma insegurança, que, aos poucos, ia desaparecendo.

Como se cíclico, nós voltamos para a Avenida Guaíba, 866, ao lado do antigo 884, onde tudo tinha começado. Era uma casa de tijolos brancos, com as janelas verde-musgo, com grama e árvore na frente e um belo banco, onde nós nos sentávamos para tomar chimarrão e jogar conversa fora. Aquela casa foi parte de mim. Foi construída com parte do meu trabalho e, quando ela ficou pronta, nós também estávamos prontos. O tempo tinha chegado ao fim.

O Pedro foi cuidar da chácara, o Zé e o Paulo Leonardo a carreira bancária, o Éio a medicina, o André Cadela a administração, o Rui a informática, o Ricardo a engenharia, o Renato foi para o Paraná, o Schu tocar a sua viola, o Paulinho Maia ensinar biologia...

Nós havíamos crescido. Crescido juntos. Como uma cicatriz que a gente leva para uma vida inteira, aquele espaço de tempo marcou, de algum modo, de alguma forma, cada um de nós para sempre.

No inverno de 1979, chegou a minha vez. Num determinado dia eu simplesmente peguei as minhas coisas e, sem aviso, fui. Era chegada a hora de recolher a âncora, deixar o porto, começar de novo, uma nova caminhada para construir o mundo de uma nova família, que começava a nascer.

Ipanema ficou gravado em mim e, certamente, em todos aqueles lembrados ou não lembrados que por lá passaram, que por lá estiveram.

Há meia dúzia de anos, a casa foi vendida. Muito mais do que minha, ela foi o ponto de encontro de um grupo de jovens que fez parte e fez a história de Ipanema. Cada um deles tomou seu rumo. Curiosamente ela foi comprada por uma artista plástica, que ao adquirir o bem levou junto um pedaço do rio, uma rajada de vento que enfurnava as velas dos nossos barcos, um pouco do brilho do pôr do sol, as nossas brigas, os nossos sorrisos, os nossos destemperos, as nossas dúvidas com o amanhã desconhecido, coisas de uma geração.

Não diz para um alemão que não dá

Foi assim: em meados de 1999, liguei para o Antônio Hohlfeldt para me aconselhar. Não me achava do ramo, mas queria lançar um livro com trinta crônicas. O Doutor Romildo Bolzan, uma lenda da história política recente, que já nos deixou, tinha até sugerido o título, *A vaca nua*, título do único texto que não era verdadeiro; os demais, de uma forma ou de outra, eram histórias curtas que eu achei interessantes, pitorescas e de agradável leitura.

A Editora Mercado Aberto era uma das mais poderosas do mercado. Roque Jacoby, amigo do Antônio, agendou uma reunião comigo. Com um maço de papéis embaixo do braço, lá fui eu.

Roque me recebeu numa manhã qualquer. Me ouviu, muito mais pela amizade com o Hohlfeldt do que tocado pelos meus sonhos.

Foi pragmático. Disse, com razão, o que representava o selo Mercado Aberto. Acrescentou que meu nome não era conhecido no cenário literário. Era verdade. Disse mais: se eventualmente o livro fosse bom, tinha que haver um patrocínio para cobrir os custos.

Bueno, não diz pra um alemão que não dá. Aí é que ele emperra e faz dar.

De pronto, mesmo sem ter dinheiro, disse que arrumaria. Foi quando o Jacoby sentenciou:

– Lamento, mas, como não és conhecido, tua obra tem que ser apresentada por alguém de peso literário. Fulano, beltrano, ciclano, Regina Zilberman...

Não diz pra um alemão que não dá. Aí é que ele emperra e faz dar. Acontece que meu chefe tinha sido Isaac Zilberman, marido da Regina. Era o único caminho.

Fui no coração do Isaac, que marcou com a Regina. Duro, difícil. Acontece que ela me recebeu com um sorriso. E um sorriso diz tudo. Ficou com a papelama e, dias depois, me mandou um carinhoso bilhete dizendo que havia gostado e incentivando a publicação.

No dia seguinte, bati na editora. Tinha uma madrinha de peso e patrocínio – onde iria arrumar o dinheiro era coisa para depois. Meio a contragosto, mas pego pela palavra, Roque liberou o livro, que recebeu, então, a valiosa chancela da Mercado Aberto e contou com a apresentação da Zilberman.

A vaca nua: crônicas de Ipanema recebeu o Prêmio Açorianos de Literatura em 2000, na categoria Autor Revelação em Crônicas.

Desde então, se passaram 23 anos.

Dias atrás, fui para a fila de autógrafos. Roque Jacoby, que ficou meu amigo, estava lançando o livro *Valeu a pena: memórias escritas na pandemia*. Guardo com carinho a dedicatória que ele me fez: "Não diz pra um alemão que não dá".

Com relação à Regina e ao Isaac, cito Mário Quintana: "Senhora, vos amo tanto que até por vosso marido tenho um certo quebranto".

Escrito em 2023

Agradecimentos

Aos que, nos últimos 25 anos, leram e me estimularam a lançar esta 2ª edição.